講談社文庫

産む、産まない、産めない

甘糟りり子

講談社

産む、産まない、産めない●目次

産む、産まない、産めない

第一話　最後の選択

自由でいたいなら、同じ分だけ孤独を引き受けなければならない。

好きな時に食事をして、眠くなったら寝て、観たい番組を観て聴きたい音楽を聴く。したくなければ何もしなくてもいいし、その気になればどこにでも旅立てる。明け方まで飲み明かしても、文句をいう人はいない。

私は自由、坂下桜子《さかしたさくらこ》はそう思う。

会社から帰宅したばかりの部屋は冷たかった。エアコンをつけ、コートを着たまま、ドレッサーの前に座《すわ》る。鏡には少し化粧がはげかかった顔が映った。顔色はくすみ、目の下のクマは朝よりも濃くなっている。桜子は、バッグからポーチを取り出し、化粧直しを始めた。午後十時。これから誰と会うわけでもないのに。

コートを脱ぎ、バッグからｉＰｏｄ《アイポッド》を取り出し、ドレッサーの横のスピーカーに差し込む。昔流行《はや》ったダンス・ナンバーが心地よく耳を刺激する。テレビの音は消したまま、ニュース番組にチャンネルを合わせた。スピーカーからは、マドンナの「ライク・ア・ヴァージン」が流れている。鏡に映った顔は、濃い化粧でさっきより老《ふ》けて見えた。

曲が終わるまで鏡の中の自分をながめてから、桜子はクレンジング・オイルのボトルに手を伸ばした。人差し指と中指と薬指を、ゆっくりと皮膚の上で滑《すべ》らせる。ファンデーションやアイシャドウがオイルに溶けていくと、心の中に澱《よど》んでいるものも一緒にとれる気がした。

洗顔が終わるとシートパックを顔にのせ、加湿器の水を補給する。棚からウィスキーのボトルとグラスを取り出し、ナッツの缶《かん》を開けた。ウィスキーは一番好きなアイラ島のボウモアだ。

ボトルから琥珀《こはく》色の液体をグラスに注《つ》ぐと、煙のような香ばしさと、それにからみ合った磯《いそ》の香りがわき上がる。アイラ島のウィスキー特有の匂いだった。四十になって、ウィスキーの味わいを甘く感じるようになった。苦味やまろみや渋さの奥に、ほんの一滴の甘さがある。それを捜しながら酔いを重ねていくのが桜子は好きだ。グラスはたいした装飾もない、厚手の無愛想なもの。手にした時の重さがちょうど良い。

つけっぱなしになっていたテレビ画面は、スーツ姿の男たちが深々と頭を下げる映像に切り替わった。ハンバーガーチェーンによる賞味期限の偽装だった。桜子は、あわてて音楽を消し、テレビの音量をあげた。

桜子は外食産業の会社に勤めている。新卒で入社して、もうすぐ十八年目になる。所属はイタリアン・レストランの事業部で、担当しているのは、パスタの種類の多さが売りのカジュアルなチェーン店だ。関東圏に九店舗ほど展開している。メニューの開発から価格決定、店員の採用まで桜子の仕事は多岐にわたった。

この春、汐留《しおどめ》に新しい店舗がオープンする。場所柄、若いカップルや家族連れではなく、周辺で働くビジネスマンやＯＬがターゲットだ。ネットで新作メニューのレシピを募り、採用された人には食事券五万円分をプレゼントする、という企画を立ち上げた。二百通近い応募はあったけど、アイデア優先の組み合わせが目立つ。料理人の中には一般消費者のレシピをメニューに加えることに抵抗を持つ者もいた。それは表向きの理由で、女の桜子に指示されるのが煙たいだけかもしれない。

今日は試作段階のパスタの試食があった。十四種類のパスタのおいしいともまずいともいい難い奇妙な味は、まだ舌《した》に残っている。桜子は、それを洗い流すようにボウモアの水割りを飲み干した。

夜がゆっくりと溶けていった。

出社して最初にするのは、前日の売り上げに目を通すことだ。金額だけではなく、店舗ごとにどんなメニューが出ているのかを頭に叩《たた》き込む。季節はもちろん、地域や時間帯で出て行くメニューが違う。その中から「最大公約数」を探すのも、桜子の大切な仕事だ。昨年末から、なぜか、トッピングに生のパクチーをたくさん載せたヴェトナム風パスタが伸びていた。目先が変わるエスニックな印象がうけているらしい。昨日の試作メニューの資料から、メキシコ料理にヒントを得たという「チョコレートソースのパスタ」のレシピを取り出した。

窓を背にした大きな机は上司の山形《やまがた》部長の席だった。このレシピに彼はどんな反応を示すだろうか。

営業部からきた山形部長は、イタリア料理には関心も知識もない。頭にあるのは出世だけで、役員の顔色ばかりうかがっている。部長代理という肩書きの桜子が現場を仕切っていた。山形部長が役員にお世辞をいう場面に出くわすと、男ってなんて不自由なんだろうと思う。彼らは名刺の肩書きに自分を見出そうとする。桜子は仕事そのものが好きだった。大勢の誰かに必要とされる充実感、私が物事を動かしているという手応え、やり終えた時の達成感、仕事はいろいろなものを与えてくれる。

PCの画面を見ながら考え込んでいると、沢口百合香《さわぐちゆりか》が緊張した面持ちで山形部長の前にたった。

「あのう部長、ちょっとお話が」

「ああ。じゃあ、お茶でも飲みにいくか」

百合香が婚約したことは、なんとなく察しがついた。

仕事の愚痴《ぐち》や相談は真っ先に桜子にしてくるけれど、こういう報告はやっぱり部長の肩書きが優先されるのか。

会社の仕事をこなしながら、栄養士の免許をとった百合香は、有能な部下だ。栄養士の免許を取り終えると、フラメンコ教室に通い始め、そこのスペイン人教師と恋に落ちた。来月の誕生日で三十三歳の百合香より、彼は七歳年下だという。まだ日本語も片言なんですよ、と百合香が照れながらいった。百合香が一家の大黒柱になるのだろう。桜子は、そろそろ百合香をメニュー開発の責任者にしたいと思っていた。

その日のランチは、百合香を誘ってデスクを離れた。

「婚約、おめでとう」

「ありがとうございます。本当は、部長より先に坂下さんに報告しなくちゃいけなかったんですけど……」

「気にしないで。そういうものでしょ、会社って」

　ビルの地下にある鮨屋《すしや》に入った。お祝いに特上の握りを奮発した。百合香のプライベートに強い興味があったわけではないが、儀礼的にプロポーズの言葉をたずね、嫌みにならない程度にうらやましいふりをした。百合香は必要最低限のことを答えた。結婚「できた」女と「できない」女同士の会話が、盛り上がるはずもない。相手が男の社員なら、もっと気が楽なのに。百合香も同じように感じているらしく、言葉は途切れがちだった。

　桜子が支払いを済ませると、百合香は丁寧にお礼をいった。その丁寧さは、なるべく立ち入られないようにという防御にも思えた。鮨屋を出て、一階にあるコーヒースタンドに寄った。

「沢口さんさあ、昨日の試食メニューどう思う？」

「まだまだパスタの可能性って大きいことを実感しました。やっぱり、日本人に合うんだなって。正直いって、応募が百を越すなんてびっくりしました。応募が少なかったら、サクラの用意もしなきゃ、と思ってましたから」

　企画が失敗するかもしれないと心配されていたとはショックだったが、それは顔に出さず、にこやかに桜子がうなずくと、百合香は続けた。

「私が一番気になってるのは、チョコレートソースを使ったものですね。改良は必要ですが、メニューに加わった時のインパクトは大きいんじゃないでしょうか」

「でしょう！　やっぱり！」

思わず身を乗り出した。メニュー開発の話題になると、百合香も饒舌《じょうぜつ》になる。結婚後も、今以上に仕事をこなしてくれそうだ。

「よし、すぐにもう一回試作やらせてみよう。あとは、メニューのネーミングよね。あ、ねえ、その前に青山にあるメキシカンに、研究しに行こうと思ってるの。来週辺り、空いてる夜ない？」

「はあ……。後でスケジュール確認してみますけど……」

「よろしくね」

コーヒーを一口飲んでから、桜子はまっすぐに百合香を見た。

「汐留オープン後は、沢口さんにメニュー開発の責任者になってもらうつもりだから。家庭との両立は大変だろうけど、店舗と直接やりとりしないでいいから今よりも残業は減るはずよ」

百合香は黙ったまま、視線を落とした。

「何かあったら、私にいってね。部長にいいづらいこととかさ」

「いえ、あのう……」

「ん？」

「会社は……、その……、退社させていただきます」

今度は桜子が黙る番だった。

「汐留のオープンまではなんとか頑張るつもりだったんですけど、部長が来月末でかまわないって。辞《や》めるならさっさと辞めてくれた方がやりやすいっていわれました」

「そんな……」

現場の状況をまったく把握していないから、そんなことがいえるのだ。百合香は、すみません、と小さく頭を下げた。

「立ち入ったこと聞くようだけど……、辞めてどうするの？」

「とりあえず、彼の里帰りも兼ねてスペインに行くつもりです。ずっと働きっぱなしだったから、少しのんびりしようかと思いまして」

「そうなんだ。沢口さんは仕事できるから、ちょっともったいない気もするけど、まあ仕事ばかりが人生じゃないし」

「ですよね。私、こうなったら、早く子供が欲しいんです。もう若くないし」

いったとたん、百合香ははっとした顔になった。表情にははっきりと哀れみがみてとれた。

何度こういう場面に遭遇《そうぐう》したことか。いったい、いつ自分が子供を欲しがったというのだろう。いないからって、同情されたくはない。もう若くはなくて子供がいない女を前にすると、みんな結婚や出産の話題をどう扱っていいのかわからないらしく、とまどい、視線をそらす。

桜子は、子供を産みたいと思ったことは一度もなかった。友達の家に遊びに行って、部屋がおもちゃに占領されていると不思議な気持ちになる。何かわけのわからない異質なものに支配されている、というか。その光景を自分が背負い込むことにイメージがわかなかった。学生時代、つきあっていた男に、桜子って母性の足りない女だよなあ、と冗談ぽくいわれたことがある。彼のいう通り、母性という当たり前のものが、自分には足りないのかもしれない。

百合香は気まずそうな顔でコーヒーを飲んでいる。百合香だって、ついこのあいだまで、よけいな気を使われる立場だったのに。

その日は、めずらしく山形部長に夕食に誘われた。

「鮨でも行くか」

連れて行かれたのは昼と同じ店だった。桜子はそんなことはおくびにも出さず、明るい声でいった。

「嬉しい。お鮨、久しぶりです。ありがとうございます」

まず桜子が部長のグラスにビールを注ぎ、部長が桜子のグラスにビールを注ぎ返す。

「坂下、汐留の件、大丈夫だろうな？　シロウトから募集した新メニュー、あれ、どうなってんの？」

翌日の午前中には管理職たちの定例会がある。大雑把《おおざっぱ》な様子を聞き出し、さも自分が手掛けているように発表するつもりだろう。桜子は、そのことに不満を感じるほど若くはなかった。実際に仕事の充実感を得ているのは、自分のほうだ。それを知らず、出世しか頭にない部長をかわいそうに思う。

寒《かん》ブリの刺身《さしみ》に箸《はし》を伸ばしながら、予想をはるかに超える応募総数だったことや、チョコレートソースを使ったパスタを考案中であることを、かいつまんで話した。

「チョコレート？　パスタに？」

「はい。チョコレートといっても、チョコレートの原料を使った料理専用のものです。メキシコ料理では、鶏肉《とりにく》にこのソースをかけたメニューは定番です。それを少しアレンジして、ひき肉とからめてみたらどうかと思いまして」

「おれには、よくわからんな。大将、どう思う？　チョコのかかったパスタ」

カウンターの向こうで、白髪の男が苦笑いしている。

「さあ。私、パスタなんていただく機会がありませんからねえ」

それから部長と大将の世間話になった。桜子はおもしろそうに聞いているふりをしながら、頃合いを見計らって、話題を新メニューに戻した。

「次の試食は、部長もぜひ参加なさってください。私はメキシコ料理店に研究にいってみますので。来週初めにはチョコレートの業者が三社、プレゼンに来ます」

「わかった。坂下はほんとに頼もしいなあ」

そういって、徳利《とつくり》に手を伸ばした。部長の顔はかなり赤くなっている。

「ところでさあ、お前は、まさかと思うけど、ないよな？」

「何がですか？」

「あの子みたいなやつ。沢口のことだよ」

「ああ、寿《ことぶき》退社ってことですか。まさかあ。そんな願望もありませんよ」

「すまんすまん。坂下をその辺のおねーちゃん社員と一緒にして悪かった。まったくさあ、女はなんかあると、平気で仕事を途中でほっぽり出しちゃうから、信用できないよなあ」

おねーちゃん社員というのは、部長がたまに使う、彼なりの差別用語だ。桜子が適当なあいづちを打っているので、部長はすっかり油断したらしく、いかに女は使えないかを脈絡なく語り出した。

「だいたい、女はさ、子供ができるとそれが一番になっちゃうだろ。仕事に身が入るわけないんだよな。産休だの育休だのって一年も休んだりしたら、もういろんな状況が変わっちゃうわけですよ。死ぬ気で仕事するなら、結婚とか妊娠で気を散らすなって話さ」

嫌《いや》な気持ちになった。女が子供を産まなければ、あんただってこの世にいないでしょう、といってやりたかった。口には出さないけれど。

「坂下、お前は、おれが唯一見込んだ女だ。おれに続くのは、お前しかいないと思っているから」

芝居がかったものいいで、赤い顔をこちらに近づけた。

「実はなあ、多分、もうすぐおれも立場が変わるはずなんだよな。当然お前もひとつ上がるから、そのつもりで」

部長は近いうちに自分が出世すると読んでいるらしい。そうしたら、「部長代理」という桜子の肩書きから、「代理」が抜ける。自分の名刺に、晴れて「部長」と印刷されることを想像してみてもさほど嬉しくは……、なんてことはなくやっぱり嬉しかった。山形部長の気持ちが少しだけわかった。

鮨屋を出て部長を見送ると、急いでデスクに戻り、ネットで検索をかけた。チョコレートを使ったソースは「モーレ」と呼ぶことがわかった。

メキシカン・レストランへは、百合香を誘うのもなんとなく気まずくて、岩瀬友也《いわせともや》に声をかけた。岩瀬は、同じビルに入っている不動産会社の営業マンだ。まだ二十六歳。二十六が「まだ」なのか、「もう」なのか、桜子には見当がつかないのだけれど。

市場調査のために、消費者のサンプルを探していて知り合った。事業部では、ごく普通の生活レベルで、適度にミーハーで、外食の頻度《ひんど》は普通より少しだけ高い若い男女に、定期的に店舗で食事をしてもらい、アンケートを行っている。話しているうちに、岩瀬が桜子の高校の後輩だということがわかって親しくなった。桜子の担任だった数学の新米教師が教頭になっていると聞いた時は、しみじみと時間の流れの早さを感じた。

お互いに下心がないので、誘いやすい。岩瀬がつきあい始めたばかりの女の子にふられた時は、やけ酒につきあった。その時の支払いは経費で落とした。

彼のような一般消費者が、チョコレートソースがかかった料理に示す反応は、大切な資料となる。

「へえ、メキシコ料理かあ。ぼく、タコスぐらいしか食べたことないなあ」

「良かったら、誰か連れてきていいわよ。できれば、女の子がいいかな」

岩瀬は自分が何のために声をかけられているか、ちゃんとわかっている。

「ちょっと、会社で声かけてみます。あ、そうだ。ブログでレストラン・レポ書いてる食べ歩き好きがいるから、そいつにメールしてみようっと」

その食べ歩きＯＬは当日になってキャンセルしてきたという。岩瀬は十五分ほど遅れ、すまなそうな顔をして店に入ってきた。なんでも、超好条件の合コンに急遽《きゅうきょ》呼ばれたらしい。

「その子、メキシカンじゃなくて、カンテサンスかジョエル・ロブションだったら、こっちに来たかなあ？」

「かもしれない。おいしい話に弱いやつだから。最悪だよな、あの子」

「若い女の子は誰だってそんなもんよ」

桜子は、気にせず、早速メニューをのぞき込んだ。岩瀬はメニュー選びにほとんど口を挟《はさ》まない。めずらしいものを注文しても、積極的に食べる。そういうところも都合が良かった。ウエイターを呼んで、メニューの説明をしてもらった。モーレには三十種類ものスパイスを使っているという。新メニューは、そのまま「モーレ・パスタ」がいいだろうか、それとも、わかりやすく「チョコレート・パスタ」のほうが流行るか。今夜のメニューも決めていないのに、桜子の頭の中は新メニューのことでいっぱいになった。

グリーン・トマトのソースがかかった海老《えび》のガーリックソテー、ハラペーニョのピクルス、ひよこ豆とアボカドと野菜のチキンスープ、メキシコ風のラザーニャ、グリルドチキンのモーレ。気になったものをすべて頼む。

注文が終わってもしつこくメニューを読んでいると、四つ切りのライムが差し込まれたコロナ・ビールの瓶《びん》が運ばれてきた。

乾杯をしながらも、桜子の視線はメニューを追ったままだった。

「坂下さん、ほんっとに仕事が好きなんですね」

あきれた口調である。

「うん。好きよ。大好き」

中途半端に否定したくない。仕事が大好きでなにがいけないの、と心の中でつぶやき、コロナを勢い良く飲んでみせる。

「岩瀬くんは好きじゃないの？　自分の仕事」

「うーん、別に好きとか嫌いとかっていうジャンルじゃないっていうか……。義務っていうのもちょっと違うんだけど……。どっちにしても、坂下さんみたいになりふりかまわず夢中になれないなあ」

少し傷ついた。

「私、なりふりかまわない感じ？」

「うらやましいですよ。そういうふうになれる対象があって」

「岩瀬くんも一生懸命やってるうちに、楽しさがわかってくるわよ。仕事の醍醐味《だいごみ》って、うきうきわくわくだけじゃないのよね。生みの苦しみがあっての楽しさよ。あとね、どかーん、じゃなくて、じわじわってくることのほうが多いね」

「ふうん……」

海老のガーリックソテーをのせた皿が湯気をたてたまま、ハラペーニョのピクルスと一緒に、テーブルに置かれた。ピクルスに手を伸ばす。あっという間に酸味と辛さが広がり、口の中が陽気になる。

「うん、これ、いける。うちのサイドメニューにパクっちゃおっかな」

なりふりかまわず夢中になっている姿そのものだ。岩瀬が笑った。

「かっこいいですよ。仕事に熱くなれる女の人」

桜子はメニュー開発について、さらに熱く語った。遠慮する筋合いはないし、支払いだってこちらがする。お目当ての「モーレソース」が出てきてからは、テーブルの上にiPad《アイパッド》を広げ、気がついたことを細々《こまごま》と打ち込みながら食事をした。

岩瀬がいった。

「そういえば、昔つきあってた女の子がカレー作ってくれた時、チョコレート入れてましたよ。びっくりしたんだけど、食べてみるとそんなに違和感なかったな。甘辛スパイス、みたいなもんですかね」

八時半を過ぎると、マリアッチの生演奏が始まった。ギターが二人、マラカスが一人。褐色の肌をした男たちは全員、つばの大きな黒い帽子を被り、カラフルなボーダー柄の長いマフラーを肩から垂らしている。テーブルの前で一曲披露し、また隣のテーブルに移動する。マリアッチのリズムはロウソクの明かりとともに、薄暗い空間を彩《いろど》った。客の中には、酔いに任せて拍手をする者もいて、店内はライブハウスのような雰囲気になった。

彼らが桜子たちのテーブルにやってきた。マラカスを持った男がたどたどしい日本語でいう。

「フタリノタメ、アイノウタ、ウタイマス」

桜子は苦笑した。岩瀬は気にする様子もなく、物珍しそうに男たちを眺めている。自分たちは歳の離れた恋人同士に見えるのか、それとも外国人には日本の女の年齢などわからないのか。楽しそうに身体をゆすり、情感たっぷりに〝愛の歌〟を歌い上げた。

演奏が終わると、マラカスの男がCDを差し出した。

「コレ、イカガ、デスカ。ニ、センエン、デス」

ジャケットには彼らが写っていた。桜子は財布から千円札を三枚取り出した。

「一枚は、今の歌に対する感謝よ」

「アリガト、アリガト」

男たちは上機嫌で隣のテーブルに移っていった。

ウエイターが小さなグラスをふたつ持ってきた。

「こちらのテキーラ、さきほどの感謝のお返しだそうです」

「それじゃあ遠慮なく」

テキーラが舌に染みると、口の中がかっと熱くなる。行ったことのないメキシコの太陽を想像させる。

「うまーい。テキーラって酔いつぶすための酒ってイメージがあったけど、きちんと味わうと、こんなにおいしいんですね」

岩瀬はそういって、あっという間にグラスを空にすると、ウエイターを呼んでテキーラを注文した。

「さきほどと違う種類のものをご用意いたしましょうか」

「お願いします」

値段もたずねず、岩瀬が答える。

「そういえば、ぼくアイリッシュ・パブでウィスキー・パスタっていうの、食べたことありますよ。クリームソースとサーモンにウィスキーがかかってるの。けっこう、うまかったですよ。テキーラ・パスタなんて、どうですか？」

「なるほどねー」

二人でコロナを六本、テキーラを五杯飲んだ。店を出る頃には、岩瀬の足取りはかなり怪しくなっていた。桜子は、空車の赤い文字に向かって手をあげた。

「岩瀬くん、大丈夫？　一人で帰れる？」

「う……。気持ちわるい」

「ええっ。家はどこだっけ？」

「経堂《きょうどう》……です」

「経堂かあ」

桜子の実家の近くだった。高校の後輩である岩瀬は、まだ実家に住んでいるらしい。送っていくには遠過ぎる。仕方なく二人でタクシーに乗り込む。

「運転手さん、ちょっと待ってて。今、行き先決めますから」

「うう、吐きそう……」

「お客さん、勘弁してくださいよ」

運転手は、振り向いてあからさまに嫌そうな顔をした。

「すみません。じゃあ三軒茶屋《さんげんぢゃや》まで」

仕方なく、運転手に自分の部屋の住所を告げた。水を飲ませて一、二時間もソファに寝かせておけば、なんとかなるだろう。もしかして妙な空気になったら、と思わないこともなかったが、タクシーで吐かないだろうかという心配のほうが大きかった。

岩瀬は、桜子の部屋でペットボトルの水をあっという間に飲み干した。用意したグラスも使わず、大きなボトルに直接口をつけ、勢い良く喉《のど》を鳴らした。

コーヒーを入れているあいだに、岩瀬はソファで寝入っていた。健やかな寝息が部屋に響いた。吐かなくて良かった、と思った。

マグカップを手にして、パソコンの前に座った。チョコレート・パスタの企画書に取りかかった。メニューのことを考えているうちに、部屋に男がいることを忘れてしまった。

日付が変わった頃、桜子は岩瀬に声をかけた。

「そろそろタクシーを呼んでも大丈夫かなあ？」

返事がないので、仕方なく岩瀬の身体を遠慮がちに揺すった。彼は薄目を開けたけれど、ソファに身体を放り出したまま、強引に桜子の手を引っ張った。その瞬間、二人のあいだに男と女特有の緊張感が入り込んだ。岩瀬は、桜子の身体を引き寄せ、抱きしめながらいった。

「ねえ、今、仕事してたでしょう？」

「仕事ってほどでもないわよ。メモ見てただけ」

とっさに否定したのは、なぜだろう。

「いいじゃん、そういうの。一生懸命な感じが、なんか、かわいい」

え？　と思うのと、唇が塞《ふさ》がれたのはほとんど同時だった。

何度も何度もキスをしてから、

「ベッドどこ？」

そう聞かれ、桜子は素直に棚の横のドアを指した。

服を脱がされながら桜子は、こんなことになるのはいつ以来だろう、と思った。二年以上のブランクはあったかもしれない。吐息《といき》をもらしながら、冷静に記憶をたぐり寄せた。

岩瀬はレストランで向かい合っている時よりずっと落ち着いていた。ゆったりと自分のペースで桜子を扱い、それがとても心地よかった。

朝が来るまでがあっという間だった。途中のうたた寝をはさみ、三回もセックスをした。

「こんなに興奮したの、久しぶりだよ」

荒い息のまま、岩瀬がいう。

「どうしちゃったの？」

「エネルギーが乗り移ったのかな、坂下さんの」

こんな状況で「坂下さん」と呼ばれたことに、がっかりした。そのことを素直に伝えると、岩瀬はとまどった。

「ええっと。じゃあ、どういえばいいの？　桜子さん？　それとも……、桜子って呼べっていうの？」

怒ったような口調は照れ隠しだろうか。

岩瀬が出て行った後、あわてて部屋を整え、身支度をしていると、すぐに日常が戻ってきた。自分でも不思議なほど、何も思わないし、感じない。気持ちの中で今さっきの時間が「なかったこと」になっている。

四十年も独身の女をやっていれば、飲んだ勢いでセックスまでたどり着いたことは何度かあった。その後は、くすぐったいような照れくさいような、もやもやした気持ちになる……はずなのに、今回はまったくない。

——私って、心の不感症？

地下鉄のガラス窓に映る自分が、ろう人形のように見えた。

デスクに座ると、業者から小麦の改正価格が届いていた。予想以上の値上げだった。メニュー価格への影響は大きい。山形部長も緊張した顔をしている。事業部全員での緊急ミーティングをすることになった。終わったのは午後二時を過ぎていた。

携帯を確認すると、岩瀬からメールがあった。ランチの誘いだった。受信時刻は午前十一時、午前十一時二十三分、午前十二時五分。返信はしなかった。

その夜、帰宅して、いつものように、コートのままドレッサーの前に座ると、見計らったように携帯電話が鳴った。岩瀬だった。

「今、電話いいっスか？」

「うん。大丈夫よ」

「まだ会社？」

「ううん。今、帰ってきたとこ」

「そっか……。昼、メールしたんだけど」

「ごめん。なんか、あった？」

「なんかって、いやあ、別に。あの……、あ、そうだ、チョコレートのパスタ、うまくいきそうですか？」

「やー、今日はそれどころじゃなくって。知らない？　小麦が値上げされるの。ヤフーのヘッドラインにも出てたんだけど。小麦が上がれば、パスタも全部値上げしなくちゃならないでしょう。一から価格の見直しよ。場合によっちゃあ、二千円越すものも出てくるかも。メニューの印刷代だって馬鹿にならないし、もうバッタバタよ……」

桜子の言葉をさえぎって、岩瀬は面倒くさそうにいった。

「なんか、大変そうですね」

会話ははずまないまま、電話は切れた。気まずさだけが残った。

帰りのエレベーターで岩瀬と乗り合わせた。桜子の会社は七階と八階、岩瀬の会社は十一階だ。桜子がエレベーターに乗り込むと、彼は同僚らしき男と楽しそうに話していた。ちらりとそちらに目線をやり、胸の前で小さく手を振った。岩瀬は顔をひきつらせ、動揺を隠そうともしなかった。

——そんなに怖がらなくたっていいのに。たった一回、なんかあったからって変な期待なんかしないわよ。

口には出さなかったが、そのままメールに書いて、一階に着くなり送信した。小麦の値上げやら新メニューやらで、こっちは忙しいんだから。

岩瀬の携帯電話が着信を知らせると、彼はあわてて身体じゅうのポケットに手をやった。同僚は、軽く手をあげ、早足で歩いて行った。桜子も早足でビルの外へと向かった。

横断歩道に差し掛かったところで、ぐいと肩をつかまれた。岩瀬だった。

「なんなんですか、このメール」

「書いてある通りよ」

「ぼく、坂下さんのこと怖がってても避けてもないですよ」

冷たい風が首筋を撫でる。

「じゃあ、一杯つきあってくれる？」

売り言葉に買い言葉のようなやりとり。桜子の言葉に、一呼吸おいてから、岩瀬はうなずいた。駅前の居酒屋に入り、競うように焼酎を飲んだ。

「ほんとに、あれ、酔った勢いだけじゃないから」

「じゃあ、何なの？　テキーラの前から私のこと、口説こうって思ってたわけでもないでしょう」

「まあ……、そうだけど。でも、これからちゃんと考えます」

「考える？　何を」

「ぼくたちのこと」

「いいんだって。そんな無理しなくたって。しょっちゅうではないけど、大人にはたまあに、あることよ」

結局、岩瀬はまた酩酊《めいてい》して、桜子の部屋に上がり込んだ。水も飲まずに、ベッドに直行した。

「ねえ。好きだよ。ほんとだよ」

岩瀬の甘い言葉も前戯《ぜんぎ》のうちと受け止めた。

「最高に色っぽいよ。そそられるよ」

岩瀬は桜子の中に入ってきても、ささやきをやめようとはしなかった。桜子もそれに酔った。

岩瀬は鼻歌を歌いながらシャワーを浴び、タクシーで帰った。桜子は、まだ岩瀬の体温が残っている少し湿ったシーツの上で、これきりにしよう、と思った。次もあったらきっと情がわく。仕事の話も出来ない男を好きになる気はない。

午前三時を過ぎても、なかなか寝付けなかった。しかたなくベッドを抜け出して、ボウモアの水割りを作った。私は自由だ、と思った。そう、自由にしがみついている。必死に。

やっと眠気が襲ってきたのは五時近くだった。

汐留店のオープンは一ヵ月後に迫っていた。大学時代の友人である重美《しげみ》とランチをとっていた。老舗《しにせ》の呉服屋に嫁いだ重美とは、平日の昼間しか会えない。丸の内にあるフレンチ・レストラン。重美はコースの内容を一品一品確認して、あれこれと迷う。

「どうしようかなあ。Bコースの鴨《かも》も食べたいんだけど、でもなあ、Cコースのオマール海老も捨て難いしぃ。ごめんね。私、桜子と違って、外でゆっくりランチできるチャンスなんて、ごくたまのことだから」

「そう？　このあいだもリューズに行ったとかいってなかったっけ」

「主人の接待につきあわされただけよ。お得意様と一緒で好きなメニューなんて選べるわけないから、せっかくのリューズも楽しめない」

言葉のわりに、嫌そうな口調でもなかった。ウエイターは重美がメニューを置くのを待ち構えている。

「私の鴨、少しあげるから、思い切ってオマール海老、頼んじゃいなさいよ」

「うん。そうする。サンキュー」

隣のテーブルは、高そうなスーツを着込んだ男が四人。きっとビジネスランチだろう。反対側には、中年の男と親子ほど年齢が違う若い女がシャンペンのグラスを重ね合わせている。若い女は後頭部を思い切り膨《ふく》らませた髪型だった。

二人の後ろ側には、自分たちと同じぐらいの年齢の着飾った女が三人、子供が三人座っている。嫌な予感がした。

「私は仕事中だからつきあえないけど、重美はワインでも頼んだら？」

「ありがとう。でも、いいわ。赤い顔して帰ったら、お義母《かあ》さんに嫌味いわれるもん」

前菜が運ばれてきた時、後ろのテーブルにいた子供が、ナイフとフォークを太鼓《たいこ》のバチのようにして歌を歌い始めた。他の子も合わせて手拍子《てびょうし》をした。母親らしき女は、自分たちのおしゃべりに夢中で、型通りの注意しかしなかった。

桜子がうにのゼリー寄せを、重美がフォアグラのパテを食べ終わっても、子供たちは大きな声で歌を歌い、手拍子を続けた。大好きなはずのうにの味がしない。

子供たちのはしゃぐ声は止まるどころか、どんどん大きくなった。桜子は、わざといらついた表情をして母親たちをにらみつけたが、おかまいなしだった。重美は、子供たちのはしゃぐ声をかき消すように、姑《しゅうとめ》の悪口を並べ立てた。

「まあ、お義母さんが厳しいっていってもねえ、それだけ私のことを呉服屋の嫁として育てようとしてくれてるのかもしれない。それはわかる。でも、私にだって人としての気持ちがあるわけじゃない？　嫁っていうマシーンじゃないんだから……」

自分にいい聞かせるような口調だった。重美には自由がない。指や首には、大きなダイアモンドや翡翠《ひすい》が飾られているけれど、自由に比べたら、そんなものに大した価値はない気がする。

桜子がビシソワーズを、重美がコンソメを飲み終えた。子供たちは椅子から飛び降り、テーブルの周りをぐるぐる回り始めた。我慢の限界だった。皿を下げにきたウエイターのほうを向き、後ろのテーブルに聞こえるようにいった。

「ちょっと、あちらのテーブルに伝えていただけませんか。私たち、お金を払ってこちらのお料理と、そして時間を楽しみに来てるんですよ。こんなに騒がれちゃ、話もできないじゃない」

母親たちはおしゃべりをやめ、驚いた顔でこちらを見ている。ウエイターは困惑した表情で皿を腕に載せた。桜子は、今度は母親たちのほうをまっすぐ見て、ゆっくりといった。

「少しにぎやか過ぎませんか」

子供たちは空気を察したのか、それぞれの母親にすり寄った。母親たちは一瞬顔を見合わせ、中の一人がいった。

「でもねえ。子供ですから」

「そもそも、お子様をこういうお店に連れてくるのが間違ってるんじゃありませんか」

桜子が強い口調でいうと、フォークとナイフをバチにしていた子供がわっと泣き出した。ビジネスランチの客も中年と若い女のカップルも、桜子と泣きわめく子供を見ていた。重美は硬い表情で黙っていた。間違っているのは向こうのほうだ。それなのに、なぜ、自分が批判めいた視線を浴びなければならないのだろうか。

支配人がやってきて桜子と重美を個室へと案内した。

「本当にもうしわけございません」

悪いのは支配人ではない。悪くもない人にあやまられて、桜子はますます落ち込んだ。六人は座れるであろう大きなテーブルに、重美と二人で向かいあった。

「ごめんね。私、ちょっと短気だったかな」

「そんなことないってば。あっちが非常識なのよ」

重美は、言葉とは裏腹にこわばった表情のままだった。

銀色の蓋《ふた》が被せられた大きな皿がうやうやしく登場する。鴨とオマール海老。蓋がはずされると、香ばしい甲殻類《こうかくるい》の香りが立ちのぼった。そのとたん、何か重いものが胃袋から口元へと急激にあがってくるのを感じた。思わず、口を押さえる。胸がむかむかして、皿のものを見るのさえ、いやになった。

「どうしたの?」

「ごめん。ちょっと……」

化粧室に駆け込み、便器に向かってしゃがみこんだ。吐きたいのに吐けない。昨晩ウィスキーを飲み過ぎたのだろうか。残業続きで疲れがたまっているのか。原因を考えようとしても、猛烈な吐き気が襲ってきた。動物のような声が出る。

やっと落ち着いてドアを開けると、さっきの母親が口紅を直しているところだった。横には大泣きした子供がいる。母親は鏡越しに桜子をちらりと見て、わざとらしく視線を下ろした。子供がこちらを振り向いて、無邪気にいった。

「おばちゃん、だいじょぶ？　気持ち悪いの？」

桜子が言葉を捜していると、母親は子供の手を引いてさっさと化粧室を出ていった。

その夜も残業だった。帰宅したのは、午後十時半。いつものように、ウィスキーのボトルに手を伸ばそうとした瞬間、身体の中にアルコールを入れてはいけないと直感した。吐き気は相変わらず、不定期に襲ってくる。

まさか、これ、つわり？

指を使って数えてみたが、この前の生理がいつだったか、記憶があいまいだった。二十代の終わり頃、疲労から生理が止まったことがある。それ以来、時々周期が崩れるので、気にしていなかった。

いいようのない不安が胸に広がった。おそるおそる自分の下腹部に手を当ててみる。

もし、妊娠だったら。

産むような環境ではないし、おろしたら次はないだろう。

いてもたってもいられなくなり、部屋着の上にダウンジャケットをはおり、マスクをして、大通りに出た。タクシーを拾い、深夜営業の薬局の場所を告げる。車内には前の客の香水が漂っていて、また胃液がこみ上げそうになった。

もし、妊娠だったら。

再び、自分に問いかける。万が一、産んだとして、そうなったら、汐留店は誰が軌道にのせるのか？　来年は二十周年の記念フェアがあるし、合わせて従業員のユニフォームも替えなければならないし、エイジングビーフの店を企画するよう、上からいわれている。いろんな「案件」が頭の中でぐるぐる回る。深いため息をついた。

日付が変わろうとしている時間帯の薬局には、いろいろな人がいた。わざとらしく唇を突き出し、腰をくねくねさせてヴァセリンを手にとっている男。映画のブルーレイでも選ぶように避妊具を品定めしている若いカップル。

そう、避妊具。どうしてそれを使わなかったのだろう。今になって後悔がこみ上げてくる。

セックスをすれば、妊娠する可能性がある。そんな当たり前の事実が重くのしかかった。

妊娠検査薬を探して、店内を歩き回る。洗濯用洗剤、トイレットペーパー、目薬、脱毛フォーム、ハンドクリーム。あらゆる製品があるのに、肝心のものが見つからない。こみ上げてくる吐き気と戦いながら、視線を動かした。三人いる店員は全員男性で、妊娠検査薬が置いてある場所を聞きたくても、勇気が出なかった。

なんとか見つけて多めに買い、タクシーで自宅に戻る。

検査薬の判定が出るまでの、わずか一分の時間が長く感じられた。一分ちょっとたつと、容器には青いラインが見えた。結果は陽性、つまり、妊娠の可能性がある、ということだ。どうしても信じられない。追加で二回検査してみたが、結果は同じだった。

部長の言葉がよみがえる。

「もうすぐおれも立場が変わるはずなんだよな。当然お前もひとつ上がるから、そのつもりで」

産休をとっても、部長の肩書きはもらえるのだろうか。そんなことを思ってから、じゃあ私は産むつもりなのか、と自分に問いかけた。気を紛《まぎ》らわせるために、ｉＰｏｄをスピーカーに差し込んだ。

妊娠検査薬の説明書には、「陽性の場合は妊娠している可能性があります。出来るだけ早く医師の診断を受けてください」とある。ネットで産婦人科医院を検索した。会社から近すぎず遠すぎない場所で、女性の医師がいて、近代的な設備が整っているところ。三十分もキーを叩き続け、赤坂《あかさか》にあるクボヤマ・レディース・クリニックにたどりついた。完全予約制だった。

お湯をわかして紅茶のティーバッグを手にとったけれど、紅茶にはカフェインが入っている、と思い直す。産むというはっきりした意志があるわけではないのに、つい身体を気づかってしまう。

テレビのリモコンを操作した。音は消したまま、あれこれとチャンネルを変えてみる。ナッツを口に放り込む。

子供を産んで、愛おしく感じられなかったら、どうしよう。

大きな孤独を受け入れてまで手にした自由に、どれほどの価値があるだろう、と思った。実際の桜子は、決まった時間に電車にのり、会社から与えられた仕事を、与えられた以上に働き、自分の時間などごくわずかである。旅行に行きたくなっても、すぐに旅立つことなど出来ないのだった。

翌日はずっと眠くて仕方がなかった。それでも山のようにアポイントが入っている。汐留店のオープンまであとわずか。やっと完成したチョコレート・パスタの試食もあった。こんな状態で試食ができるかと不安だったが、桜子はあっという間に山盛りのパスタを平らげた。他の社員たちは、おおむね好意的な感想を口にしながら、味わっていた。

クボヤマ・レディース・クリニックの窪山《くぼやま》先生は、美しい先生だった。白衣や束ねた髪型が、端正な顔立ちを引き立てている。年齢は、桜子より少し若いぐらいだろうか。若く美しい女性なのに、母親のような包容力を感じさせるたたずまいだった。

検査が終わり、窪山先生はいった。

「妊娠してますね。九週目です」

桜子は助けを求めるように、言葉を絞り出した。

「私、未婚なんです」

診察の前に桜子が書いた書類に目をやり、先生は答える。

「そうみたいですね」

淡々としているが、冷たい感じではなかった。書類から視線を動かし、しっかりと桜子の目を見据えていった。

「おめでとうございます」

その言葉で心をつつかれて、涙があふれた。かなしいとか嬉《うれ》しいとか不安とかではなく、とにかくいろいろな感情が濃くなって、それが水分となり身体からはみ出してしまった。自分の身に起こったことが、幸せなのか不幸なのか、わからない。きっと、起こった出来事それ自体には、幸せとか不幸というひとつだけの価値があるのではないのだろう。何か抗《あらが》い難い流れに巻き込まれた気がした。


会社に戻ると、常務から呼び出しがあった。

「どう、鮨でも」

また、ビルの地下にある鮨屋だった。

常務は上機嫌で大将相手にくだらないだじゃれをいうばかりで、用件を切り出さない。桜子は出されたビールのグラスに、注意深く口だけつけて、飲んでいるふりをした。

「チョコレート・パスタ、話題になりそうだな。坂下は、ほんと目のつけどころが違うわ。オープンの日はテレビの取材が何本か入ってるんだろ」

「はい。四本です。それから雑誌が七誌、新聞が三紙」

常務は満足そうにビールを飲んでいる。

「六月一日で、けっこう組織が動くから」

部長に昇進する件だと察しがついた。

「坂下、執行役員にならないか」

「は？」

驚いた。いきなり十段階ぐらい階段を登った気分だ。

「年末オープンでパリの二つ星の店ひっぱってきて、六本木でやるだろ。坂下の隣の部署でさ。あそこと坂下のところをひとつの局にまとめたいわけよ。でさあ、そこの責任者を坂下にやってもらいたいと思ってるんだ、専務もおれも」

部長だと思っていたら、執行役員とは。山形部長の処遇をたずねると、物販部門に異動という答えがきた。

「経営側となると雇用形態とか変わっちゃうし、正式に辞令を出す前に、専務も交えて一度食事に行かないか。こんなとこじゃなくて、もっと豪勢な店とってやるよ。何しろ我が社はじまって以来の女性役員だからな。マスコミにもじゃんじゃん出てもらうことになると思う」

こんなところ、といわれた店の大将は聞こえないふりをして、作業をしている。常務は桜子が断る可能性をまったく想像していないらしい。出産すれば、子供は二つ星シェフの店と同じ頃の誕生だな、と思った。

一時間ほどの会食を終え、常務を送り出してから、残業を片付けにデスクに戻る。汐留店に出払っているようで、誰もいなかった。桜子は誰かと話をしたくて、携帯電話に手を伸ばした。番号検索をしてみる。重美の名前でふと手が止まったけれど、子供ができなくて悩んでいる重美と話すのは気が重かった。

岩瀬のほうから電話があったのは、真夜中だった。

「ひっさしぶり？　元気でしたあ？」

酔っているみたいだった。

「まああってとこかな」

「相変わらず、仕事に夢中？」

「そうだね。仕事ばっかりよ。例のチョコレート・パスタ、汐留店の一押しメニューになったのよ。すごいでしょ」

「へえ。じゃあ、ぼくがこれからお祝いにいってあげましょうか？」

桜子は、おやすみ、とだけいって電話を切った。長く話していると、妊娠したことを告げてしまいそうだった。これから、いくつもの恋愛をして、たくさん仕事をするであろう二十六歳の男に、四十女から予想外の妊娠を伝えるわけにはいかない。

出世をとるのか、出産をとるのか。どちらも望むのは贅沢なことなのだろうか。自分には自由などないのか。重美といったフレンチ・レストランの子供の声が頭をよぎる。泣き声と、おばちゃん、だいじょぶ？　という言葉。野心も邪気もない表情。

自由を捨てよう、と思った。

運命を受け入れるしかない。運命なんて言葉は、抽象的過ぎるし、大げさで好きではなかったが、今の自分の状況なら、その言葉の重さがしっくりくる気がする。

翌日、出社すると、部長を通り過ぎ、常務の前にたった。

「あのう常務、ちょっとお話が」

「あ、お茶でも飲みに行くか」

ビルの一階のコーヒースタンドではなく、向かいにあるホテルのラウンジに行った。常務はコーヒーを、桜子はホットミルクを頼んだ。常務は、桜子の妊娠を聞き、顔をひきつらせて、それでもやっと、おめでとうと声をかけた。

「まだ、安定期ではないので、すみませんがご内密にお願いします。このあいだのお話のこともあるので、常務には早めのご報告をと思いまして」

「ああ。他言はしないよ。予定日はいつなんだ？」

「十二月です。ですから、次の店舗と二つ星の店に関しては、責任を持って仕事をするのは難しいと思います」

「そうか。ううん。困ったなあ」

つい、口にしてから、あわてた。

「申し訳ない。困ることではないな。おめでとう」

ここまで気持ちのこもっていない「おめでとう」もめずらしいと思った。常務はカップに残ったコーヒーを乱暴に飲み終えると、ふうっと息をついていった。

「執行役員の件は、保留にしといてくれ」

つっぱっていた膝《ひざ》を後ろから、こつんと押された気分だった。常務は伝票をつかんで、そそくさと立ち上がる。

「私、これを飲み終わるまでここにいてもよろしいでしょうか」

「あ、ああ」

立ち去る常務の足音が、少しずつ小さくなっていく。

ゆっくりとミルクを飲みながら、ガラス張りの窓の向こうを眺めた。雲ひとつない快晴だった。高層ビルの群れ、神宮《じんぐう》球場、レインボーブリッジ。東京が箱庭のようだと思いながら、桜子はそっと下腹部に手をやった。

第二話　ポトフと焼きそば

幸せそうな湯気がポトフから立ち上っていた。

ソーセージはハーブ入り。皿の中には、ブロッコリーやパプリカ、蕪《かぶ》に人参《にんじん》。鮮やかな彩りが食欲をそそる。コップに注《つ》がれた炭酸水の泡《あわ》は、手をかけた料理を引き立てる大切な小道具だ。

考え抜いたメニューだった。パスタは牛ひき肉のクリームソース和え、トマトソースがかかった仔牛のカツレツ。人気料理研究家の本やランキングの高いブログからレシピをさがした。肉を多くしたのは、結衣子《ゆいこ》なりに気をきかせたつもりだった。

いろいろな料理の匂いが混じり合い、食卓を包み込んでいる。結衣子がしみじみと幸福を感じる瞬間だ。二十歳の時に結婚して五年。これまでに何度それをかみしめただろうか。十四も歳が離れている淳人《あつひと》と結婚する時、両親には心配された。誰もが知っている航空会社の営業部に勤務し、人当たりもいい淳人だったが、離婚歴があった。前妻とのあいだに息子がいたのも、その理由だった。

息子は妻方の祖父母が育てていた。それがどうして心配の種になるのだろう。まだ短大に在学中の結衣子は淳人との恋愛に夢中で、そんなことまで考えが回らなかった。

結婚記念日に連れて行ってもらったレストランを真似て、食卓の真ん中に、それぞれ塩とオリーブオイルを入れた皿を用意した。

結衣子と淳人のあいだには、結婚してすぐに子供ができた。ポトフは四歳になる娘の恵美里《えみり》が大好きなメニューだ。いつもは嫌《いや》がる人参もソーセージと一緒に喜んで食べる。けれど、今日はなかなか皿に手をつけない。落ち着かない様子で周囲を見回してばかりいる。

ほんの二日前に会ったばかりの「お兄ちゃん」が一緒なのだから、仕方がない。淳人の息子だ。父親の名前から一字をとって、淳《じゅん》という。十五歳。再来週から高校生になる。

「パパね、今日はお仕事で遅くなるんだって。だから、三人でいただきましょう。淳くん、遠慮しないでたくさん食べてね」

声がこわばっている。娘を恵美里と呼ぶように、淳と呼び捨てにしたほうがいいのかと迷ったが、なんとなく遠慮してしまった。いきなりなれなれしいと思われたくない。淳は不機嫌さをかくそうともせず、黙ったままコップの炭酸水を一気に飲み干した。結衣子はあわててボトルを手にして、淳のコップに新しく炭酸水を注いでやった。

淳に近づくと、むっとするような体臭が鼻をついた。単なる汗の匂いとも違う、獣《けもの》臭い匂い。それは、香ばしい食卓の匂いなど、あっけなく打ち消してしまう。淳は、左手でパスタの皿を飯茶碗のように持ち上げ、器用にフォークを使ってそれをかき込んだ。多めに盛りつけたはずだが、あっという間に皿は空になった。

「おかわり……、する？」

結衣子が問いかけると、ポトフやカツレツの皿をちらっと見て、いらない、と一言だけいい、乱暴にドアを閉めて部屋を出て行った。階段を駆け上がる足音が響いた。時間にして七、八分だろうか。

「あの人、ごちそうさまっていわなかったよ？」

恵美里が不思議そうにいった。

「ママ、恵美里がいわないといつも怒るのに」

「あの人じゃないでしょ、お兄ちゃんでしょ」

意味がわからないというようにちょっと首をかしげたが、結衣子にうながされて、恵美里はやっとポトフを食べ始めた。そうすると、すっかり〝お兄ちゃん〟のことは気にならなくなったらしく、おいしーおいしー、とか、恵美里これ大好き、と繰り返した。結衣子は重たい気持ちを抱えたまま、パスタに手をつけた。

ポトフとカツレツがたくさん余った。

一昨日は、仙台《せんだい》から淳を連れてきた祖母のリクエストで鮨《すし》をとった。昨日ははじめて新しい家族四人で食事にいった。パパの提案で中華料理だ。麻婆《マーボー》豆腐や海老のチリソースを食べた。パパは上機嫌でフカヒレのスープまで注文してくれた。

そして、今日。夕食を何にするか、さんざん迷った。贅沢な食事が続いたので、カレーやコロッケといった普通の家庭料理も考えたが、歓迎の気持ちも込め、張り切って洋風にした。ポトフもクリームソースのパスタも、きっと祖母の手料理にはないレパートリーだろう。それを、こんなに残されるとは思わなかった。

これから先の長い日々を思うと憂鬱《ゆううつ》になった。

息子を引き取りたいと切り出されたのは、祖父の葬儀から十日ほどたった時だ。今年の正月明けだった。祖父といっても、パパの前妻の父である。もちろん結衣子も恵美里も葬儀には出席していない。会ったこともない老人が脳梗塞《のうこうそく》で亡くなったと聞かされても、どこか遠いところで起こっている出来事、という感じだった。

パパと同じ歳の前妻はとっくに再婚していた。相手はアメリカ人でハワイに住んでいる。なんでも再婚同士で、相手の息子を育てているらしい。

めずらしく早く帰宅したパパは、夕食が終わると恵美里と一緒に『トイ・ストーリー』のＤＶＤを観ていた。何度も観ているお気に入りで、パパに頼んで飛ばし飛ばし好きな場面だけを楽しんでいる。画面が途切れた時、パパが恵美里にいった。

「ねえ、恵美里はお兄ちゃんがいたら楽しくないかな？」

「お兄ちゃん？」

洗い物をしていた結衣子は思わず手を止め、水道も止めて、振り返った。こちらの様子をうかがおうとしていたパパと目が合った。ずるい、と結衣子は思った。自分に先に話してくれればいいのに。反対すると考えたのだろうか。信用されていない気がした。

祖父の葬儀の後、祖母が、淳がこの先老人と二人暮らしではかわいそうだと、涙ながらに訴えたらしい。その時、淳がパパと暮らしたい、といったそうだ。英語が苦手だから実の母が住むハワイで暮らすのはいやだ、とも。遠慮しながら話していても、パパの表情がついゆるむのを、結衣子は少し寂しさが入り交じった気持ちで聞いていた。そして、すぐにその寂しさを振り払った。パパと結婚する時に一度だけ会った、小さな男の子の顔を懸命に思い出そうとした。

「パパの息子でしょう。それを私がいやがるわけがないじゃない。恵美里と同じようにかわいがるわよ」

言葉にしながら、自分自身にいい聞かせていた。

淳は東京の高校を受験した。受験の時は気が散らないようにと、パパが品川《しながわ》のホテルをとってそこから試験会場に向かった。無事、都内の男子校に合格し、中学の卒業式を終えて、この家にやって来た。

五年ぶりに会った淳は、はにかんだ笑顔が印象的な男の子ではなかった。身長は結衣子をゆうに追い越している。もう男の子ではなく、かといって男というにはまだ幼く、頼りない。目が少しはなれ気味で黒目の濃いところが、パパそっくりだ。それ以外は、写真でしか見たことのない前妻に似ている気がした。

淳は無愛想な態度を貫き通した。教えた通り、恵美里がぺこりと頭を下げ、ようこそいらっしゃいました、といっても、ああ、どうも、と返しただけだった。

その日は上握りをとって、皆で食べた。まだ若い結衣子に、祖母は不安を隠そうとはしなかった。奥さん、この子といたら親子っていうより、まるで姉弟じゃないの、と不満げにいった。はじめて会った淳の祖母に、奥さんと呼ばれることに、居心地の悪さを抱いた。

「あの……、私、結衣子ともうします」

淳の祖母は気にせず、話を続けた。

「あなた、男の兄弟いるの？」

「いいえ、妹と二人です」

「そう……。いろいろとむずかしい年頃だから。だいじょうぶかしらねえ」

恵美里は大人たちの会話に聞き耳をたて、黙っている。淳は時々思い出したように鮨を摑み、口に放り込んだ。目の前の人間関係から目をそらすように。

「いやあ、お義母《かあ》さん、結衣子はこう見えてなかなかしっかりしてますから、ご心配には及びません。それに、僕もなるべく淳と話す機会をつくるつもりです。再婚してから仕事仕事で、家庭がおろそかになってましたからね。いい機会だと思ってます」

「ああ、そう。前の時もそうしてくれたら良かったのにねえ……」

パパは力なく笑った。

どうして、別れた前妻の母を、まだお義母さんなんて呼んでるのよ、結衣子はついそんなことを思った。他に呼び方がないのはわかっている。そんな小さなことを気にしているようでは、淳を受け入れられるわけがないじゃない。心の中で自分を叱《しか》った。


二着の春物のスーツを見比べた。

ひとつはシャネル風の襟のないデザインで、淡いピンクを基調にしたツイード。もうひとつは丸襟にフレアスカートで、グレイに白いストライプが入っている。迷った結果、グレイを着ることにした。こちらのほうが大人っぽく見えるだろう。淳の高校の入学式には、できるだけ貫禄がある格好をしていきたかった。淳の祖母の言葉が心の隅にひっかかっている。

相変わらず乱暴な足音をたて、淳があくびをしながら居間に入ってきた。

「淳くん、おはよう。学校が始まったらもうこんな寝坊は出来ないわよ」

「わかってるよ」

淳は冷蔵庫を開け、頭をその中に突っ込んでいる。ぶかぶかのデニムはなんとかお尻に引っかかっていて、その中で、か細い身体が泳いでいる。こういう時こそ、母親の存在感を示すいいチャンスだ。

「お腹空いてるのね。今、用意するからちょっと待っ……」

結衣子をさえぎるように淳はいった。

「いいよ。朝ご飯の時間に起きなかったのはぼくが悪いんだし。勝手にやるよ」

「悪いなんてそんなことないわよ。ここは淳くんの家なんだから。目玉焼き焼く？　それとも、お魚の干物がいい？」

「ほんとにいいってば。トーストと牛乳でテキトーに済ませるから」

六枚切りの食パンにバターを塗りトースターに入れると、立ったまま牛乳をパックのままごくごく飲み出した。コップは食器棚の右上、といいかけ、言葉をしまい込んだ。結衣子は気を取り直し、グレイのスーツを右手で掲げた。

「ねえ、淳くんの入学式、これ着ようと思うの。どうかな？」

「来なくていいよ。入学式なんて形式的なもんなんだから」

「どうして？　大切な日じゃない」

「パパにはもういってあるよ。そうか、わかったっていってた」

「でも……」

「あんたがぼくの母親だとかそうじゃないとか、関係ないから。ダサいじゃん。いちいち親がそんなのに顔出すの。幼稚園じゃあるまいし。そんだけのこと」

腹がたった。淳に対してではなく、パパにだ。どうして、そんな重要なことを自分にいっておいてくれなかったのだろう。トースターが小気味よい音をたてた。淳は焼き魚用の細長い皿にトーストを二枚のせた。

「お兄ちゃん、ジャムあるよ。マーマレードの。おいしいよ」

恵美里が無邪気にいうと、淳は一瞬とまどった。それから、遠慮がちにいった。

「じゃあ……、それ……もらおうかな」

「うん」

調味料が並ぶ棚に、恵美里が背伸びをして手を伸ばすと、ジャムが入った瓶が派手な音をたてて転げ落ちた。淳があわててそれを拾った。

「あ、ありがと」

「どういたしまして」

恵美里が小さくおじぎをすると、淳はくすりと笑った。この家に馴染もうとしていないわけではないのだ。素直に気持ちを表せないだけ。そんなふうに思った。

その夜、淳が部屋に入ったのを見計らい、パパに入学式のことを問いただした。

「ごめんごめん。いってなかったっけ？」

淳にぶつけられない感情までもが、わっと吹き出してきた。

「もうパパはいっつもそう。気まずいこととかいい難《にく》いことは、そうやってあやふやにしちゃうんだよね。めんどくさいところはすーっと避けて、のらりくらりなかったことにしちゃう。私のことならいいよ、がまんするよ。でも、淳くんに関してはさ、どう接していけばいいか、パパと二人で考えていかなきゃいけないんじゃないの。すんなり私をママって認めてくれるとは、私だって思ってないよ。だから、そのためにできることは、なんでもしようって……。パパのために……。それなのに……」

つい涙があふれてきた。パパは結衣子の両肩にそっと手をおき、おでこをくっつけながらいった。

「結衣子の気持ちはうれしいよ。でもさ、そんなにあせらなくてもだいじょうぶだよ。一緒に暮らしていくうちに家族になれるよ。無理にママになろうとしなくても、今のままでじゅうぶんだよ」

自分一人が力んで、空回りをしている気がして、さびしかったたし、腑《ふ》に落ちなかった。

パパは次の日、「adidas《アディダス》」と書かれた大きな黒い紙袋を下げて帰宅した。グローブがふたつ、それに軟式ボールが五球。淳はそれをみて、照れくさそうにいった。

「パパ、ぼく中学ではサッカー部だったんだけど……」

でも、嬉《うれ》しそうだった。

「キャッチボールはいろんなスポーツの基礎だぞ。今度の土曜日、パパにつきあってくれよ」

「しょうがないなあ」

パパは土曜日が待ちきれないのか、部屋の中で軽くキャッチボールをはじめてしまった。恵美里がはしゃいでボールを追いかけるので、結衣子ははらはらした。

よくある、平凡な父と息子の姿だった。もしかしたら、淳はこういうことに飢《う》えていたのかもしれない。


高校が始まると、結衣子は毎朝、今までより三十分早く起き、淳の弁当を作った。

弁当箱の底をなめたのかと思うほどきれいに平らげてくることもあれば、手つかずのまま返ってくることもあった。寝坊した日は、忘れて出てしまったりもする。それでも、結衣子は作り続けた。正直いえば、半ば意地だった。淳に対してなのか、パパに対してなのか、それとも自分自身に対してなのか、よくわからない。

会話はあいかわらず、ぎこちなかった。お互いに遠慮してしまい、その分言葉が足りずに誤解を呼ぶ場合もある。結衣子は、弁当を作ることで足りない会話を埋めているのかもしれない。

料理は好きだったが、弁当、それも毎日となるとちょっとした失敗もした。野菜から水が出て、ご飯が湿ってしまったりもした。

それでも、淳は文句をいわなかった。結衣子の料理に対してほとんど反応しないのだ。

「今日のコロッケ、どうだった？」

「まあね」

とか、

「ひじき入れちゃったんだけど、だいじょうぶだった？」

「別に……」

とか、

「明日は豚肉の大葉巻きにするね」

「ふうん」

とか。

つい反応を期待して、肩すかしをくらう。恵美里のようにはっきり好き嫌いを伝えてくれれば、やりやすいのに、とも思った。

淳一人の分が加わっただけでも、洗濯物は倍になった。実際はそこまででもないのだが、そんな気分だった。淳はぎりぎりまで洗濯物を溜め込む。Tシャツも下着も靴下も、代えがなくなるまでベッドの下やクローゼットの隅に突っ込んだままにする。部屋の簡単な掃除は結衣子がするけれど、重箱の隅をつつくように洗濯物を捜《さが》し出したりはしない。こうるさい母親にはなりたくなかった。で、いざ淳が持ってくると、山のような量になる。

本当の親子だったら、こんなささいなことなど遠慮なしに叱れるのだろう。考えてみれば、生活は「ささいなこと」の積み重ねだった。結衣子は、淳を叱って、拒絶されるのが怖かった。

淳が何の連絡もなしに、友達を三人連れてきた。皆、淳と同じように襟足がはねた髪型をして、眉毛《まゆげ》をきれいに整えている。ピアスをしている子もいた。

「ちわー」

「どーもっス」

それぞれに短い挨拶を口にする。

「あ、いらっしゃい」

なるべく笑わなきゃ、と思った。そう意識しているのだから、きっとひきつった笑顔になっているのだろう。

彼らは、おばさんと呼ぶにはまだ早い結衣子に、興味津々《きょうみしんしん》の視線を投げつけた。

「お前のかあちゃん、超若いじゃん」

「それにさ、けっこう美人じゃね？」

「そんなことねぇよ」

わざとらしいほど、どうでもいい、という口調で淳が答えた。友達の一人が皮肉っぽく笑った。

彼らは、靴を脱ぐと、あっという間に淳の部屋に吸い込まれていった。頬にたくさんのニキビを作っている男の子たちに女として見られたことに、はじめて感じる居心地の悪さがあった。脱ぎ散らかされたスニーカーをきちんと並べようと腰をかがめると、悪臭が立ち上ってきて、一瞬めまいがした。下駄箱の上にはポプリの入った小皿が置いてある。けれど、彼らのスニーカーの前では何の役にもたたなかった。

人数分のコップとジンジャエールのボトルをトレイに載せ、淳の部屋に持っていった。ノックをすると、ドアがほんの少しだけ開いて、淳が顔を出した。部屋の中を見せまいとするように、結衣子の前に立ちはだかった。

部屋からは、大音量の電子音が聞こえてくる。

淳は、めんどうくさそうに、サンキューとだけいって、トレイを受け取った。

いったい何をしているのだろう？

いぶかってから、ふと気がついた。自分にも経験があるではないか。放課後の有り余る時間を何に使ってよいのかわからず、ただ友達と一緒に時間をつぶしていると、なんとなく安心する。考えてみれば、高校一年なんて、結衣子にとってそう昔のことではなかった。

あの頃の信じられないほどの食欲も思い出した。朝食にしっかり二膳ほどのご飯を食べても、二時限目が終わる頃には、いつも空腹と戦っていた。きっと、あの男の子たちも腹を空かせているに違いない。冷蔵庫を見渡し、中の食材を確認した。即席カレーを作ることにした。

豚肉の細切れと鶏《とり》のムネ肉を大雑把《おおざっぱ》にオリーブオイルとニンニクのみじん切りで炒めると、たっぷり水を満たした鍋に放り込んだ。時間がないので玉ねぎのみじん切りはレンジでやわらかくしてから炒める。余り物の野菜も適当な大きさに切って、同じように火を通してから鍋に入れた。醤油《しょうゆ》やナンプラー、カレー粉で味を整え、最後にヨーグルトとハチミツも加えた。パパのために作るカレーなら、赤ワインのところだけれど。

カレーを作りながら、自分の気持ちの中に打算があることを自覚した。淳に気に入られたい、母親として認めさせたい、それは、つまりパパを喜ばせたい、ということだった。百パーセント相手のためだけを考えて何かをするのは、実の娘である恵美里に対してしかできないと思う。

時計の針が七時を指した時、結衣子は、もう一度淳の部屋のドアをノックした。

「何？」

さっきより、さらに迷惑そうな態度で淳が顔を出した。

「あの、お腹空いてない？　カレーが出来てるんだけど」

「カレー？」

拒否するべきか、受け入れるべきか、迷っているみたいだった。淳が答えるより先に、背後から声が聞こえた。

「おれ、腹ぺこー。カレー、食いてぇ」

「おれもー」

タイミング良く淳のお腹が小気味よい音をたてた。

四人はぞろぞろとリビングに下りてきた。恵美里は少し緊張しながら、食卓の端にちょこんと座っている。淳の友人たちは、ものめずらしそうに結衣子と少女を見比べた。

「あ、あの、おれの妹。恵美里ちゃん、ん……、いや、恵美里」

淳が照れくさそうに紹介した。

「こんにちはっ」

恵美里が元気よくいうと、男の子たちはちょこんと頭を下げて座った。食卓がいつもよりせまく感じられた。

大盛りのご飯にたっぷりとカレーをかけて出してやった。淳はパックのまま牛乳を飲みながら、勢いよく食べた。皆、ほとんど飲むようにカレーを食べている。どの皿もあっという間に空になった。結衣子は自分が食べる間もないほど、おかわりを注ぎ続けなければならなかった。学生寮の食堂ってこんな感じなのかな、と思った。

「みんなで食べるのって楽しいね」

恵美里がいった。

多めに作ったつもりだったけれど、鍋はきれいに空になった。デザートにバナナケーキを出すと、それもすぐになくなった。

友達が帰ると、淳はすぐに部屋に入ってしまった。恵美里が一人でテレビを観ている。パパは今夜も接待だった。さっきまで、たくさん人がいてわいわいとしていた部屋が、がらんとさびしく感じられた。玄関にも部屋にも、ポプリの甘い香りが戻ってきた。

翌朝、淳は寝坊した。あわてて弁当を受け取りながら、いった。

「昨日のカレー、うまかった。友達もみんな喜んでたよ」

「ほんとに？　ありがとう」

淳との距離がほんの少し縮まった気がした。こちらから歩み寄っていけば、少しずつでも近くなるものなのだ。


いつものように恵美里を幼稚園に送ってから、急いで家事をこなした。朝食の後片付け、洗濯、掃除。淳がこの家に来てもう三ヵ月がたとうとしているのに、淳の部屋に入る時はいつも緊張する。

私と淳はやはり他人なのだろうか。掃除機をかけながら、そんなことを考えた。紙の上ではれっきとした母と息子だというのに、言葉をかけるだけでもあれこれ悩んでしまう。恵美里に抱くような無条件の愛情を持てないことを申し訳なく思い、けれど永遠に同じ種類の愛情は向けてやれないこともわかっている。

考えてみれば、結婚当初はパパのものに触る時もこんな感じだった。時間がたてば、淳に対しての遠慮もなくなっていくだろう。そういうふうに考えることにした。

机の上はいつもよりちらかっていた。ノートパソコンが開けっ放しで、周囲にはポストイットや目薬やボールペンが散乱していた。恐る恐るそれらをひとまとめにして、机の上にぞうきんをかけた。ふとした拍子にパソコンに触れてしまった。

いきなり生々しい喘《あえ》ぎ声が聞こえてきた。

「何なの？　これ」

画面では、裸の男女がからみあっている。結衣子は、ぞうきんを持ったまま、その場に立ち尽くした。女の声は次第に大げさになっていき、それに男の荒々しい息遣いがかぶさった。きっと、パソコンの電源を消し忘れたのだろう。

部屋でこんなものを観ているなんて、寝過ごすわけだ。ニキビだらけの顔はまだあどけないし、ひょろりとした体格だけれど、でも、淳は男なのだ。頭ではわかっていても、こんなもの見たくなかった。雨だったけれど、窓を開けた。なまめかしい声が雨音にかき消された。

どうしたらいいのだろうか。

黙って消してあげるのが母親の役目なのか。けれど、もし、淳が電源を消し忘れたことを自覚していたら、結衣子がこれを見たとわかってしまう。その事実を間接的に知らせたほうがいいのかどうかも、わからなかった。

結局、電源は切らずにおいた。その日は淳が帰宅しても、目を合わせることができなかった。淳は淳で、こちらのよそよそしさを感じたらしく、さらに無愛想な態度で接してきた。せっかく近づいたと思った距離を、自分で遠くしてしまった。

思い切って、寝る前にパパに打ち明けると、笑い飛ばされた。

「そっかあ。淳ももう十五だもんな。そういう時期だよ。今の子はそういうのも、パソコンなんだなあ。パパの頃はたいていエロ本だったけどね。うちのおふくろなんてベッドの下に隠しておいたエロ本、きちんと重ねて本棚にしまっとくんだもん。あれはバツが悪かったなあ」

パパは楽しそうに話した。

「結衣子は男の兄弟がいないからわからないかもしれないけど、男はしようがないんだよ。特別変態だとかそういうんじゃないから、まあ、ここはひとつ、黙って見過ごしてあげて」

「でも、それがエスカレートして、変な店行ったり、女の子を妊娠させたりしないかな」

「考え過ぎだってば。思春期の男には、フツーのことだよ」

パパにいわれても、悪い想像ばかりしてしまった。

「じゃあ、せめてパパが避妊の方法を教えてあげてよ。間違いを起こさないうちに」

「必要ないって。結衣子は真面目過ぎるよ」

そんな話をしたせいか、パパは結衣子を求めてきた。優しいだけではないキスが嬉しかったけれど、時々、淳のパソコンのあの声が頭をよぎってしまうのだった。

その後、パソコンの電源の切り忘れはなかったが、教科書のあいだにエロ本が挟まれているのを見つけた。最初の時のような衝撃はなかった。パパのいうように、見過ごした。こういうことにも慣れていくのが、一緒に暮らすということなのだろうか。


梅雨も明けた頃、淳の担任教師から呼び出された。青春ドラマに出てきそうな、色黒で体格のいい男だった。分厚い胸板で、紺色のポロシャツがはち切れそうだ。

「あ、あなたがお母さん、なんですか？」

若い結衣子を見て、少し驚いた。

「はい」

「これは失礼しました。他のお母さんよりお若いので、つい」

角田《かくた》というその教師には、人をけちな偏見などで判断しそうもない、おおらかさがあった。結衣子はとまどいなく、家の事情を話した。

「主人の前妻の息子なんです。実際、私とは十歳しか歳が違いませんので、驚かれるのも無理はないと思います」

「ああ、そうなんですか」

連れ子だというと、たいていの人は、すみませんとかなんとかあやまる。きっと、立ち入ったことを聞いてしまってごめんなさい、という意味なのだろうが、あやまられると逆にすっきりしない気持ちになる。角田は、ごく普通に受け流した。

「そういうご家庭も、最近は時々お聞きしますよね。お父さんがすごくお若い場合もありますし」

「お父様が？」

「ええ。最近は、ステップファミリーもめずらしくないので、親御さんと血がつながってないってことが直接の原因でいじめるとか、そういうケースも少なくなってます」

「そうなんですか」

「だから、淳くんみたいに、成績が芳しくないことのいいわけにもならないんですよ」

角田はそういって、白い歯を見せた。

「あの子の成績、そんなに悪いんですか？」

「ええ。はっきりいって」

今度は声をたてて笑った。

「このままだと正直いって進級がむずかしいかもしれません」

「えっ」

結衣子は絶句した。

「まあまあ、お母さん。まだ一学期ですから、そうあわてずに。だからこそ、こうしてお呼びたてしたわけですし。中学と違って同じぐらいの学力の子が集まってますから、どうしても、ちょっとのことで差がつきます。ついやる気をなくしてしまうというのは、よくあることです」

「…………」

角田は、呼び出しも形式的なものだから、といって結衣子をはげました。面談は五分ちょっとで終わった。

結衣子は、淳に家庭教師をつけたらどうかと提案した。短大の同級生の弟に一橋大学の学生がいる。その子なら家も近いので、頼んでみるつもりだった。

珍しく八時前に帰ってきたパパと四人で食卓を囲んでいた。揚げ茄子《なす》を入れたおみおつけ、グリンピースの炊《た》き込みご飯、シャケのソテーのタルタルソースがけ、ぬか漬《づ》け数種類。夏バテ対策に、野菜をたくさんとれるよう工夫した。

結衣子の申し出に、淳は猛反発した。

「そんなの、必要ないよ。なんで勝手に決めるの?」

「決めたわけじゃないけど……。成績をよくするのにはどうしたらいいかなあ、と思って」

「ぼくのことなんてどうでもいいくせに。どうせ、ダブったらみっともないって思ってるだけでしょ」

「そんな……」

「じゃあ聞くけどさ、なんでダブっちゃいけないわけ? 高校は三年で卒業しなきゃいけないって法律でもあんの?」

ほとんどいいがかりのような言葉を結衣子に向かって投げつけてくる。今日の淳はいつにもましていらだっていて、攻撃的だった。むずかしい年頃。淳をここに連れてきた日の祖母の言葉が突き刺さるように思い出された。それでもパパはにこにこしながら、グリンピースご飯を食べている。恵美里は雰囲気を察したらしく、おとなしかった。

「パパ……」

結衣子が助けを求めると、やっと口を開いた。

「まあさ、淳もそんない い方するなよ。ママだって、お前のことを考えてくれてるんだからさ」

「誰も頼んでないよ、そんなこと。おれ、勉強きらいだもん」

「パパもあんまり好きじゃなかったな」

「じゃあ、なんで大学いったんだよ」

「勉強、好きじゃなかったからだよ」

「意味わかんねー」

淳は結衣子のほうに向き直っていった。

「とにかく、余計なことしないで欲しいな。勉強するのも、しないのも、ぼくの勝手なんだから」

「わかったわ。家庭教師は頼まなくていいけど、でも、私のためじゃなくて、あなたの将来のために勉強はちゃんとしておいたほうがいいと思うの」

「だからさ、そういうのが余計なことだっていってんの。あ、もしかして、あんた、角田のこと気に入っちゃったんじゃないのぉ？」

「なんてこと、いうの」

怒りで頬が真っ赤になった。それから、結衣子は一言も口をきかずに、食事を終えた。恵美里が話しかけても、頭をなでることしかしなかった。何か言葉を発したら、涙がこぼれてきそうだったのだ。母親をあんたと呼んだ息子を叱らないパパにも腹がたった。

食卓には冷たい空気が流れた。パパと淳が時々ヨーロッパのサッカー選手の話をしていたが、とってつけたような会話だった。

翌日の土曜日。結衣子はいつも通り、六時半に起きて、朝食の仕度をした。皆が起きてくる前に、洗濯機を回してしまおうと風呂場に向かった。

洗濯機の横には、洗い物を入れておくカゴがある。筒状のそれは、白いデニム生地にピンクの大きなドットが入ったものだ。何軒も雑貨屋や生活用品店を回って、お気に入りの一点をさがした。淳が平気で濡れたものも入れてしまうので、少しカビがはえている。

昨日の夜中に淳が放り込んだらしく、色とりどりのTシャツや靴下が山積みになっていた。あいかわらず、むっとするような匂い。

結衣子の中で何かがぷつりと切れた。

——もう、あの子のことなんてどうでもいい。とにかく、私は疲れた……。

洗濯物はそのままにして、恵美里の部屋に行った。まだ眠たそうな恵美里を起こして、服を着替えさせた。

「どうしたの？」

「ばあばのとこに行くのよ」

「ふうん。ばあば、アイスクリーム買ってくれるかなあ」

実家の近くには、豆腐屋が営むアイスクリーム店がある。今時、豆腐だけでは経営があやうく、片手間で始めた店だったが、評判を呼び、今ではそちらが本業のようになっていた。

「きっと、買ってくれるわよ」

食卓にメモを残した。

――少し早い夏休みをとります。恵美里をばあばとじいじに会わせてきます。家出ではないので、ご安心を。

実家では、母と父と妹の真美子《まみこ》が朝食をとっていた。三人とも結衣子の突然の里帰りに驚いた。

「結衣子、どうしたのよ、こんな朝早くに」

「どうって、別に。いいじゃない、自分のうちに帰ってきたって。恵美里、ばあばとじいじにちゃんと挨拶しなさい」

「おはよう」

「ちょっと、あなたの家はここじゃないでしょう。淳人さんのところでしょう。いったい、何があったのよ」

「だから、別に大したことがあったわけじゃないって。それより、お腹ぺこぺこなのよ。私たちにもご飯ちょうだい」

母はぶつぶついいながらも、二人分の箸《はし》と茶碗を用意して、アジの干物を焼いてくれた。ネギを刻んで入れた納豆やゆず大根の漬け物、卵焼き。どうということのないものだけれど、なつかしい味わいだった。ほっとした。

「これ食べたら帰んなさいよ」

「そんなぁ。二、三日ぐらいゆっくりさせてよぉ」

タイミングよく恵美里がいった。

「ばあばぁ、後でいつものお店にアイスクリーム買いにいこうねっ」

「はいはい」

母は表情をくずしながら返事をして、結衣子をちらっと見た。

「アイスクリーム食べたら、帰るのよ。いい？　長引けば長引くほど帰りにくくなるんだから。で、そのことが、後から尾を引いたりするもんなのよ」

父は素知らぬ顔で箸を動かしている。真美子がからかった。

「なぁに、それ。お母さんの経験談？」

「ばかなこというんじゃないの。一般論よ」

卵焼きを平らげてから、結衣子はいった。

「別にさ、あたくし、実家に帰らせていただきますっていう、あれじゃないから。離婚しようってわけじゃないの。ちょっと逃げ出したくなっただけなんだから」

また、真美子が口を挟《はさ》む。

「あ、もしかして例の男の子？」

「そんなんじゃないわよ」

何も話していないのに、母はすべてわかっているような顔をしている。

「お母さんもさあ、そんなことといわないで、おねーちゃん、いさせてあげればいいじゃない。いっそのこと一週間ぐらい。どうせ、私は明日っから海外だし、お父さんも出張なんだから、ちょうどいいじゃない」

「海外？」

「そ。バンコク。大学最後の夏休みだし。このためにバイトがんばってたんだもんね〜」

真美子はそういってから、両手を万歳するように広げた。私はママやお姉ちゃんみたいに専業主婦にはならない。高校の頃からそういっていた。大学も就職を考えて、マスコミ学科に進んだ。早々と就職を決め、羽をのばしているようだ。

「恵美里ちゃんにも、お土産《みやげ》買ってきてあげるからねー」

「うん！」

母は、そっけない表情で食器を片付け始めた。結衣子が手伝おうと腰を浮かすと、たまにはゆっくりしてていいわよ、といった。真美子はまったく手伝う気配も見せず、恵美里と話している。手持ち無沙汰になった結衣子は、父に話しかけた。

「お父さん、出張ってどこ？」

「えっと、福岡と宮崎……」

「そう、大変ね」

「ま、そうでもないさ」

会話は途切れてしまった。

母のいう通り、アイスクリームを食べ恵美里が満足してから、帰路についた。家につくと、ちょうど午前十一時だった。

食卓には、結衣子が用意した朝食が手つかずのまま置かれていた。メモもそのままだった。

パパも淳もまだ寝ていた。結衣子の反乱は気づかれないうちに終わってしまった。ほっとした気持ちとくやしさが、交互にこみ上げてきた。しかたなく、大量の洗濯物にとりかかった。メモは小さくちぎって捨てた。

お昼近くになって、やっとパパが起きてきた。淳が起きたのは、それからさらに三十分後だった。何もなかったように、昼食の食卓を囲んだ。

救急隊員からの電話があったのは、週明けすぐの月曜日だった。もう夕方六時近いのに、窓の外はぎらぎらと照りつける太陽が輝いていた。淳も恵美里も夏休み中だ。

「ええと、町井《まちい》文恵《ふみえ》さんのお嬢さんでいらっしゃいますか？」

「はい……、そうですけど、母に何か？」

「町井さんが倒れられまして、ただいま救急病院に搬送しております。意識はありますので、連絡のつく身内の方をお尋ねしましたら、この番号にかけて欲しい、とのことでした」

「あの……、いったい、何があったんでしょうか？」

「スーパーマーケットをお出になったところでめまいを起こされたようです。めまいの原因はわかりませんが、ころんだ時、足をひねったみたいですね。嘔吐《おうと》もされてますし、少し震えもあります。このまま入院の可能性もありますので、身内の方に病院に来ていただきたいのですが……」

「わかりました。病院の名前をお願いします」

胸がざわざわした。何か重い病気だったらどうしよう。要らない心配をかけてしまったのだろうか。いつも自分のことばかり聞いてもらって、母のことまで気が回らなかった。

急いで病院を検索した。JRと地下鉄を乗り継いで、一時間近くかかりそうだ。恵美里はどうしよう、と思った。パパは今日も接待で、午前様になる、といっていた。そこに、遊びに出掛けていた淳が帰ってきた。意地を張ったり、様子をうかがっている余裕などなかった。

「あのね、私の母が救急車で病院に運ばれたのよ」

「きゅ、救急車？　なんで？」

「まだ、わからない。出先で倒れたらしいの」

「大変じゃん」

「父は出張で九州だし、妹はバンコクに旅行中で、行けるのが私しかいないのよ」

「なる早で、行ってあげたほうがいいんじゃないの？」

「そうしてもいいかな。もしかしたら入院になるかもしれないし、今夜じゅうに帰れるかわからないけど。恵美里のこと、見ててもらえる?」

「え……、うん」

ちょっと自信がなさそうに見えた。

「パパにも連絡してみるけど……」

「だいじょうぶだよ。わざわざパパにいわなくたって。あの子のことは、ぼくがちゃんと見てるよ。妹だもん」

「ありがとう」

結衣子がパパ宛にメモを書こうとすると、淳は、早く行ってあげなよ、パパにはぼくがいっとくよ、といった。


母は左腕に点滴の針を刺して、ベッドに横たわっていた。脇には古びたバッグとスーパーの袋があった。五十円引きのパックのにぎり寿司とカット済みのスイカが入っていた。結衣子が座ると、右手で結衣子の右手を握ってきた。このあいだは気がつかなかったけれど、母の顔にはシワが増えていた。

母が弱々しい声でいった。

「迷惑かけてごめんね」

「ううん。だいじょうぶよ。今、先生と話したんだけど、貧血と疲労だって。急に暑くなったしね。点滴が終わったら家に帰ってもいいって」

「そう。じゃあ、結衣子も帰りなさい」

「何いってんの。今、うち誰もいないじゃない。私も一緒に帰るわよ」

「それはいけないよ。来てもらっておいて、いえた義理じゃないけど、小さな子がいるのに、家を空けちゃだめよ」

「だいじょうぶ。淳に頼んできたから」

自然と、淳、と名前を口にしていた。

「あの子と恵美里、二人だけにしてきたの？」

「そうよ。ちゃんと頼んできたから、余計な心配しなくてだいじょうぶよ。お母さんが元気になるまで、ついてるから」

タクシーで実家に帰った。母と二人で、布団を並べて眠った。こんなことは何年ぶりだろう。

母は、ごめんね、と、めったなことで家は空けちゃいけないよ、を繰り返した。結衣子の場合はちょっと事情があるんだから、などといいながらも、わりとすぐに眠りパに落ちた。

　母には半ば強がった結衣子だが、やはり家のことが気になって寝付けなかった。パパにメールを打ってみたけれど、返信はなかった。まだ、接待の最中なのだろう。

　翌朝になると、母はかなり元気を取り戻していた。結衣子は卵粥《がゆ》を作った。カツオで軽く出汁《だし》をとり、何度も水を加えて、ご飯をやわらかくした。昔、風邪の時によく作ってもらったことを思い出した。母はすっかり弱気になっていて、粥を食べながら、なんだか心に沁《し》みる味ねえといい、ゆっくりとスプーンを動かした。

　洗い物をする前に、家に電話を入れた。パパはもう出掛けてしまっただろう。淳も恵美里も、まだ眠っているかもしれない。

　意外にも、淳がすぐに電話に出た。背後から朝の番組の音が聞こえる。

「だいじょうぶ、何の問題もないよ。パパ？　さっき、出掛けたよ。今日は早く帰ってくるっていってた。それより、そっちのママは元気になったの？」

「うん。おかげさまでね。恵美里はどう？」

「今、かわるよ」

　恵美里が電話に出た。

「昨日はねー、お兄ちゃんのつくった焼きそば食べたの。おいしかったよ。あのね、恵美里、マヨネーズたくさんかけて食べたんだよ。紅ショウガもいっぱいかけてもらったの」

意外だった。あの子、料理なんて出来るんだ。一瞬、母の体調のことも忘れて驚いた。再び、淳が電話に出たので、たずねた。

「焼きそばなんて作れるの？」

「当たり前じゃん。あとは、チャーハンもできるよ。納豆チャーハンとかさ」

「へえ。知らなかった……」

「今度、作ってやってもいいけど……。焼きそばなら、そっちよりぼくのがおいしくできるかも」

結衣子はふと笑った。

「お料理は、ちゃんと勉強してからね。それから、私は〝そっち〟じゃありません。ママって呼びなさい」

「わかったよ、かあちゃん」

ふてくされた口調だった。

「もう、かあちゃんなんて、私がすごい歳みたいじゃないのよ」

かあちゃんと呼ばれた、それだけのことなのに、思わず涙が出そうになった。

第三話　次男坊の育児日記

朝起きて歯を磨《みが》いた後に取りかかるのは、生まれたばかりの長男の写真を撮《と》ることだ。朝のたっぷりとした陽光が、小さな生き物をもっときれいに写してくれる。重《しげ》松雄二《まつゆうじ》には写真の心得はなかったが、毎日撮っているうちに、いろいろなことがわかった。

毎日撮っていても、毎日顔が違う。生後一ヵ月ほどの赤ちゃんは、十日も前の写真と比べると、髪の量も目鼻立ちも肌の質感も身体の大きさも、明らかに変わっている。育児ブログを始める前は、まだ言葉も話せない赤ちゃんや同じことを繰り返すだけの育児について、毎日書くことがあるのだろうか、と雄二は思っていた。それは大きな間違いだった。

日々、変化にみちている。

一眼レフカメラを構える仕草も、我ながら様になってきた気がする。はじめはたいていベビーベッドの真上から撮っていたが、試行錯誤して、いくつかの気に入ったアングルも覚えた。ベッドの角から、まだ地面を踏んだことのないすべすべの足の裏を撮るのも、好きな角度だった。

朝食を終え、奥さんを送り出すと、掃除、洗濯が待っていた。昼食の後、パソコンに向かいブログに取りかかる。今のところ、これが雄二の仕事だった。

育児休暇をとる前、花見と称した会社の宴会の最中、雄二はふと祖父の言葉を思い出した。

去年の春のことだ。

——人爵《じんしゃく》をつけず。

多少の悪さをしてもいい、友だちに人爵をつけるようなことだけはするな。

雄二は祖父から、何かにつけてそういわれた。子供には、ジンシャクなんて言葉の意味はわからなかったが、祖父が伝えようとしていたことは、ぼんやりと受け止めていた気がする。祖父は今年で八十七歳。認知症がすすんでおり、最近は、雄二と雄二の父との区別もおぼつかない。

桜の名所である公園だった。そこらじゅうに青いビニールシートが拡げられ、雑然とした会話が飛び交っていた。雄二の所属する人事部の飲み会だ。

みんな酔いながらも、立ち回りを気にして、酒を注《つ》いだり注がれたりしている。桜の不気味な美しさを気に留める者は、ほとんどいない。

部長の石倉《いしくら》は、赤い顔をして熱弁をふるっている。いつも通りの内容だった。仕事とはどういうものか、会社の現状がいかにひどいものか、その中で自分がどれぐらい使命に燃えているのか。そして、日本の政治家のふがいなさを嘆き、のってくると、男たるものどう生きるべきかを語るのだ。

「要するに、だ、結局、自分の人生の目的をどうするかってことだよ。つまりは死に様だ。男っていうのはな、家族を安心させて死んでいかなきゃならん。わかるか？」

最後は、いつもこんな言葉の繰り返しになる。みんなうんざりしながらも、一応うなずいたり相槌《あいづち》をうったりしている。惰性で流れたカラオケボックスにいる気分だった。つばを飛ばしながらの石倉の熱弁は、雄二に「人爵」という言葉を思い出させた。

春を意識した配色の服装は、石倉のゴルフで焼けた肌を引き立てている。明るめなグレイのスーツ、水色のストライプが入ったワイシャツ。左手の薬指には、結婚指輪ではなく、カレッジリングをはめている。ファッション雑誌から抜け出たような外見と、古くさい人生論や政治論との落差がおかしかった。

話が一区切りつき、石倉は空になったプラスチックのカップを、三上久美子《みかみくみこ》に向かって差し出した。久美子は雄二の同期で、昨年の春に営業部から異動してきた。石倉とは、何かにつけて衝突している。久美子が一瞬むっとした表情をしたので、雄二がワインのボトルに手を伸ばした。

「余計なこと、するな。三上に頼んでんだぞ」

石倉がいった。久美子は、むっとした表情のまま、雄二の手からボトルを取り上げた。別に誰にお酌されたからって、安ワインの味が変わるわけじゃなし。雄二はそう思うのだけれど、世の中には、誰に注がれるかで酒の味がぐんと変わる人たちがいることぐらいは知っている。

桜は満開だった。

桜の花びらが舞い降りて来て、石倉のおでこにぴたりとくっついた。インド人が赤い印をつける位置だ。雄二はくすりと笑ってから、石倉に声をかけた。

「部長、おでこに花びらがついてますよ」

みんな、それを見て、つい笑い声をたてた。石倉はわざとらしく顔をしかめた。

「おい、重松っ。お前は、ほんとに情けない男だなあ。さっきから、そわそわしてると思ったら、桜の花びらばっかり見てんのか。医者のかみさんの稼ぎで生活してるから、緊張感が足りないんだよ。いいか、会社ってもんはなあ、社員たちの切った張ったで成り立ってんだぞ」

「はあ……」

自分に緊張感が欠けているとしても、奥さんの収入のせいじゃない。自分自身の能力の問題である。

「なあ、重松、がんばって、かみさんを追い抜けよ。見返してやれよ」

見返す、なんて。

僕は奥さんに対して何の劣等感も持っていないし、奥さんだってちゃんと僕に敬意を払ってくれている、と思った。見返す必要などない。そういいたかったけれど、石倉のような男にはわからないだろう。

「お前、いったいいくつになったんだ？」

「来月で、三十一です」

「それでも、三十過ぎてんのか。頼りないなあ。いいか、だいたい、おれの三十の頃はな……」

このフレーズが出たら、バブル時代の昔話だ。絢爛豪華《けんらんごうか》な武勇伝も、雄二にとってはおとぎ話にしか聞こえない。久美子は、あからさまにため息をついた。先輩の峰岸《みねぎし》が、石倉の言葉をやんわりとさえぎる。

「まあ、部長、いいじゃないっスか。こいつみたいなのが、意外と会社の潤滑油《じゅんかつゆ》だったりするんですよ」

調子のいい峰岸は、いいながら、雄二に視線を向け、ワインのボトルのほうをあごでしゃくった。雄二は釈然としない思いを抱えたまま、それでもボトルを持ち、石倉のカップに安ワインを注いだ。石倉は、満足そうにカップに口をつける。

峰岸がいった。

「僕も、重松みたいに食わせてくれるかみさん、探そっかなー。そしたら、会社辞《や》めて、専業主夫もいいなあ。料理とか、意外と楽しそうだし」

そんな気もないくせに。峰岸に「主夫」になる勇気はないだろう。

「峰岸まで、何、くだらないことといってるんだ」

石倉の荒々しい声にたまりかねたのか、久美子が口を挟む。

「でも、部長、今はそういう時代ですよ。うちみたいな化粧品会社は、女性の気分に敏感でいないとまずいと思います。いくら、人事部だって」

石倉は、聞こえないふりをして、わざとらしく桜を見上げて目を細めた。

お開きになった後、雄二は久美子とつい数日前に入社した新卒の女子社員二人と、駅前のファミリーレストランに入った。雄二はコーヒーを、久美子はビールを、新卒女子たちはブルーベリーシェイクとジンジャエールを、それぞれ頼んだ。うるさそうな上司たちから解放されたせいか、新卒女子たちは急に口数が増えた。

「重松さんの奥様って、お医者様なんですか？　すごい」

「何の専門なんですか？」

雄二が答えるより早く、久美子がいった。

「産婦人科。赤坂で開業してんのよ。何かあったら、紹介してもらったら」

二人はほとんど同時にいった。

「何かなんて、そんな」

短大を卒業したばかりの彼女たちは、産婦人科をピルをもらうところとしか認識していないのだろう。雄二は、運ばれて来たコーヒーに、ゆっくり砂糖とミルクを入れた。デザートや菓子はあまり口にしないが、コーヒーは甘くなければ飲めない。

新卒女子たちは、雄二たちのなれそめを聞きたがった。まだ二十歳の彼女たちは、五つ年上の女と結婚をする男が珍しいらしい。

「マラソンの練習会で知り合ったんだ」

「マラソン？」

「マラソン？」

またもや、きれいに声が重なった。

気まぐれで応募したマラソン大会だった。スポーツメーカーに就職した大学時代の友だちと酒を飲んでいる時に、勢いで約束してしまった。ランニングの経験など皆無だった。知らないから、マラソン大会が楽しそうなイベントに思えた。

しかし、日常に追われているうちに、気がつくと大会まで三ヵ月を切っていた。

そんな時、友だちに誘われ、週末の午後に行われた練習会に参加した。十人ほどで、皇居を二周するという。

奥さんになった女性とは、待ち合わせ場所である信号ではじめて会った。きれいな人だな、と思ったけれど、それ以上の感情を抱いている余裕はなかった。雄二は、二周目の途中で音《ね》を上げて、そこからは早歩きになった。同じぐらいのペースで走っていた〝きれいな人〟の後ろ姿は、どんどん遠くなった。近くの銭湯で汗を流し、みんなでビールを飲みにいった。そこではじめて、窪山今日香《くぼやまきょうか》という名前を知った。

それから、練習会で三回、そして本番のレースを一緒に走った。一緒といっても、本番でのタイムはかなり差がついた。雄二は本番でも二十キロ過ぎから歩いてしまい、制限時間ぎりぎりの六時間四十五分でなんとか完走した。今日香さんは、四時間十七分というタイムで走りきった。初マラソンとしては、かなり早いらしい。打ち上げの飲み会では、それより遅いタイムの男性はみんな悔しがった。

マラソン大会から十ヵ月後に二人は結婚した。二人にとっては、自然な流れだったけれど、周りは驚いた。交際期間の短さも年齢差も、開業医とサラリーマンという二人の立場も驚きの理由だったようだ。

「なんか、ドラマチックー」

「いいですねえ」

新卒の女子たちは長いまつ毛をぱたぱたさせた。

「そうかなあ?」

「そうですよぉ。だって、それ一目惚《ぼ》れでしょう。五歳も年上の女の人に。なんか、フランス映画みたいです」

おいしそうにビールを飲んでいた久美子が、からかうような口調でいった。

「単純ねえ」

「すみません」

「別に、あやまらなくていいけど」

久美子は、よけいなことをつけ加えた。

「他の男ども、奥さんのタイムより遅い人は悔しがって、早い人はほっとしたらしいわよ。でね、重松くんだけが、素直にほめたんですって。すごいですねって。その一言で、美人で優秀な奥さんがころっといっちゃったみたい」

「えー、それだけですか？」

「うん、それだけ。ごめんね」

雄二が答えると、久美子はしみじみとした口調でいった。

「素直にすごいですねって女をほめられない男が多いじゃない。我が社も含めて。だから、そういう普通の反応がじんとくるのよ、きっと」


花見から三日後のことだった。

会社からマンションに帰る途中、雄二は近所のＴ《ツ》ＳＵＴ《タ》ＡＹ《ヤ》Ａに立ち寄った。金曜の夜である。観たかった映画を週末にまとめて観ようと思った。雄二は昔の恋愛映画が好きだ。女の人が自然に女らしく存在している。男で恋愛映画が好きなんて変わってるね、そういっていた今日香さんだけれど、最近は雄二より熱中している。『ローマの休日』と『カサブランカ』を借りた。雄二は何度も観ているけれど、今日香さんが観たことがないというので選んだ。

TSUTAYAを出て、隣のスーパーに入る。総菜《そうざい》コーナーには、駅前にあるイタリアン・レストランのものが並んでいる。若い夫婦が切り盛りする小さな店で、平凡ななかにもほっとさせる味わいがあった。ここのトマトソースのパスタは彼女の大好物だ。

二人のあいだには、平日の夕食は相手をあてにしないこと、でも相手を思いやること、というルールがいつの間にかできあがった。総菜を買ったり簡単なものを作ったり、自分の食事を確保する際、ほんの少しだけ相手を思いやる。たとえ無駄になっても、思いやった事実は残る。エコロジー精神には反するけれど、立派な感情のエコなのだ。

閉店間際のせいか、どれも三割引だった。雄二は、迷った挙げ句、トマトソースのパスタ、チーズのリゾットをそれぞれワンパックずつ買った。牛肉の煮込みか子牛のカツレツも欲しかったけれど、両方とも三割引でも二千円以上するのであきらめた。

帰ってすぐには食べず、今日香さんを待った。昼が軽めだったから、かなり腹が減っている。待つのは二十分だけと決めた。お互いの生活のリズムを尊重したいと、結婚する時に、彼女はいった。雄二は他人に合わせることがそれほど苦ではない。したいようにさせてあげたかった。ビールを飲むと、空腹感が増した。

まだ十七分しかたっていなかったけれど、空腹に負けた雄二がチーズリゾットのパックの蓋《ふた》を開けた時、今日香さんが帰ってきた。手には、同じスーパーのビニール袋を下げている。チーズリゾットを見て、くすくす笑い出した。

「あれ、雄二もそこ行ったの？　もしかして……」

袋の中から数々の総菜が取り出された。トマトソースのパスタが二人前、魚介のサラダ、そして、牛肉の煮込みと子牛のカツレツ。やっぱりお医者さんはお金持ちだな、と雄二は思った。

彼女は手際良く、料理を鍋や電子レンジで温めていった。皿に盛るのは、雄二も手伝った。食卓には、おだやかな幸せがあふれていた。手作りの料理じゃなくても、じゅうぶん愛情がこもっていると思う。

レストランみたいにこんもりとパスタを盛りつけながら、今日香さんがいった。

「ねえ、雄二、びっくりしないでよ。ついに、できたわよ、私たち」

「ん？　できたって、何が？」

「赤ちゃん」

「えっ」

「私たちの赤ちゃんができたの」

「ほんとに？」

「ほんとよ！」

まだ実感がわかない。

頭の中で、今の会話を何度も繰り返してみる。私たちの赤ちゃん、と今日香さんはいった。時間をかけて、じわじわと心に嬉《うれ》しさが染み込んでいく。雄二は彼女を抱き寄せた。

「やっぱりすごいよ、今日香さん」

「何いってるの、私がすごいんじゃない。私たちがすごいのよ」

少し涙声だった。

僕と彼女の分身が、この世にやってくるのだ、そう思うと身体の奥にエネルギーがわいた。いったい、どんな顔をしてやってくるのだろう。誕生日でも結婚記念日でもないけれど、今日は人生の節目の日だ。人生という言葉が急に身近なものに感じられた。

まだ会ってもいない我が子について語り合い、なかなか食事がすすまなかった。女の子だったら、今日香さんに似ているといい。きっと美人になる。でも、そうしたら、モテて誘惑が多いかもしれない……、そんなことを口にしたら、いくらなんでも、パパったら気がはやすぎよ、と笑いとばされた。パパという言葉が、心地よく耳に響く。

次の日は遅めに起きて、雄二が朝食をつくった。洗濯や掃除もすすんでやった。とにかく今日香さんを安静にさせておかなきゃ、と思った。彼女は、大げさ、といって笑った。

コーヒーを入れようとすると、彼女は、当分カフェインは飲めないわ、といい、自分でオレンジジュースを作った。オレンジを五個しぼって、雄二の分も作ってくれた。週末の午後の日差しに包まれ、しぼりたてのオレンジジュースを味わう。

あせらない時間が、自分たちの関係をより充実したものにしてくれる気がする。ゆっくりとそれを飲み終えると、今日香さんはそれまでの笑顔を引っ込め、真面目な顔になった。

「将来のパパにお願いがあるんだけど」

「何？　何でもするよ。僕にできることなら」

「育児をきちんとやって欲しいの」

「当然だよ」

「具体的にいうとね、育児休暇をとってもらいたいのよ」

思わず、言葉につまった。育児休暇という単語を、はじめて耳にしたような気になる。それが自分に関わってくるとは、思いもよらなかった。

「予定日は十一月の終わり頃なの。年末年始を挟むから、そんなに長く休院する印象にはならないと思うんだ。まだ独立して二年半でしょう。ここで長く閉めるわけにはいかないの。だから、雄二には、退院する十二月の半ばぐらいから、家で生まれてくる子供の面倒みてもらえないかな」

「うん……」

面食らっていると、今日香さんはたたみかけてきた。大学病院に勤務している頃ならまだしも、今の自分には代わりがいない、会社の仕事なら誰かが代わってくれるはず、という言葉には、内心むっとした。

新しい命の誕生を手放しで喜んでいいのは、ほんのわずかなあいだだけだった。

現実は事務的なものなのだ。

「どれぐらい、休めばいいの？」

「そうね、春になって保育園に預けられるまで、雄二に家で子供をみてて欲しい」

だいたい三ヵ月間か……。嫌《いや》なわけではなかった。ただ、想像がつかなかった。一日中家にいて、子供の世話に明け暮れる自分が。さっき料理や洗濯や掃除を一生懸命やったのは、いたわりの気持ちを今日香さんに伝えるためだった。つまり、自分のため。

彼女が、膝《ひざ》の上に放り出された雄二の右手に、自分のそれを重ねてきた。そっと、優しく。雄二の手のほうが大きいのに、今日香さんの手に包み込まれた気分だった。

「考えてみて」

「うん」

「じゃあ、『カサブランカ』を観ましょう」

それから二人で、『カサブランカ』を観た。彼女はすっかりイングリッド・バーグマンに感情移入して、最後のほうは涙ぐんでいた。雄二は育児休暇のことが心の隅にひっかかっていて、画面を目で追うだけになってしまった。心の隅ではない、心の真ん中だ。

週明け、育児休暇という言葉を抱えたまま、出社した。調べてみると、雄二の勤務する会社は、制度として認められてはいるものの、今までそれを取った男性社員は皆無だった。

「だよなあ……」

つい、口をついて出た。斜め前に座っている峰岸が、ちらっとこちらを見た。窓際の部長席では、石倉が険しい表情で書類に目を通している。育児休暇をとりたい、といったら、何というだろう。おおよその想像はつくけれども。

昼食はマックでダブルチーズバーガーとポテトを買ってきて、パソコンの前に座った。「育児休暇」でグーグルの検索をかける。千三百八十万件もあった。アトランダムに拾い読みする。仕事をしながら子供を育てるって大変なんだなあと、他人事のように思う。「育児休暇」「男性」で検索し直すと、四十一万五千件だった。桁がふたつも違う。この数字が、男にとっての育児休暇が、いかにマイナーなことかを示している。

全国で、育児休暇をとっている会社員の男性は、全体の三パーセントに満たないようだ。その中には、育児休暇を義務づけられている役所の男性も含まれている。一般企業では〇パーセントに近い状態だ。女性は九割近いというのに。

今日香さんには、会社との交渉は安定期に入ってからね、といわれた。そこではじめて、既婚者の女性社員が妊娠の報告をするのは、みんな五ヵ月目だったことに気がついた。男性社員が妻の妊娠を口にするのは、まちまちである。判明した次の日につい口を滑らせる人やら、臨月ぎりぎりまで隠している人やら。女の人には叱《しか》られそうだが、すごいことを発見した気分になった。

昼休みが終わり、石倉が戻ってきた。半歩後から峰岸が現れた。いつものように、調子のいいことを並べ立てて、石倉にくっついている。石倉の肌はつやつやだった。これが女性ならほめ言葉だろうが、彼の場合は、不要な生命力が行き場がわからず肌の上を右往左往しているように見える。

「重松、そんな学生みたいなもん食って、エネルギー出んのか？」

雄二のデスクに放り出されたマクドナルドの紙袋を見ていった。

季節は夏を迎え、安定期に入った。今日香さんにそう告げられて、うれしさの中に、正直にいえば、そこにほんの少しだけ気の重さが混じっていた。いよいよだ、と思った。いよいよ、石倉に育児休暇が欲しいといわなければならない。

石倉の機嫌を推測し、切り出すタイミングを見計らった。石倉を観察していると、あらためてそのエネルギッシュな仕事ぶりに驚いた。絶えず何かを話している。下手をすると、目の前の人と話しながら、電話の相手に応えていることもある。書類に目を通す時は、目玉がものすごい速さで動いている。なかなか隙《すき》がなかった。

できれば、人目のない時に切り出したい。

――あの、ちょっとお話が。

この一言がこんなにむずかしいものだなんて、知らなかった。結婚の報告をした時はどうしたのか、すっかり忘れてしまった。

石倉が幹部会議から戻ったところを、なんとか廊下で捕まえた。

「あのう、ちょっとよろしいでしょうか」

「なんだよ、お前あらたまって。なんか、ミスでもやらかしたか？」

「いえ。ええっと……、実は……、妻が妊娠いたしまして」

「そうか。それはおめでとう！　良かったじゃないか。これで、やっと重松も一人前だな。いやあ、良かった良かった」

「はあ。で、そのう……」

雄二の言葉をさえぎって、石倉は続けた。

「いいか。夫婦というのはまだ家庭としては不完全だ。子供が生まれて、それこそが家庭なんだぞ。そうなれば、きっと、今までより仕事にも身が入るさ。いやあ、男には、やっぱり責任ってものが必要だからなあ」

肝心なことをいい出せなくなってしまった。

今日香さんは、家ではあまり仕事の話をしない。職業柄、仕事場を出たら患者については話さないように訓練されているのだという。それでも、会話からは時々、不妊で悩んでいる人たちのつらさがこぼれ落ちてくる。

夫婦だけでは家庭として不完全。石倉のこの言葉を、その人たちが聞いたら、どんな気持ちになるだろう。石倉に悪気はない。自分や自分の周囲をはげまそうとするあまり、他者への配慮が欠けてしまうのだ。邪気がない分、たちが悪い。大人の無邪気は時として他人を傷つける。

それからの石倉は、雄二がミスをすれば、こんなふうに叱った。

「そんなことじゃ、ちゃんとした父親にはなれないぞ」

「子供は父親の背中を見て育つんだ。しっかりしろ」

逆の場合はこうだ。

「うん、やっぱり親になる自覚が出てきたやつは違うな」

「責任は男の顔を作る。重松も、最近、男の顔になってきたんじゃないのか」

石倉の声はよく通った。雄二が父親になることをからめて石倉が何かいう度に、峰岸は不思議そうにこちらを見た。ついこのあいだまで、きっと自分もああいう顔をしていたのだろう。

石倉だけではなかった。みんな口々に、お祝いの言葉をくれる。育児休暇のことをいい出しにくい雰囲気が、日に日に濃くなっていった。

家に帰ると、毎日のように、今日香さんが会社に育児休暇を申請したかどうか聞いてくる。雄二が言葉を濁すと、心の底からがっかりした、という表情になった。一ヵ月近くそんな日が続いて、とうとう怒り出した。

「のらりくらりとかわして、雄二は本気で育児休暇をとろうなんて思ってないんでしょう。そりゃあ、そうよね。私だって、大学病院の時にそんなもんとってる男の人、みたことないもん」

「そんなこと、ないよ。ただ、こういうことはいい出すタイミングがむずかしくて……」

「そんなの、いいわけよ。嫌なら嫌だとはっきりいってくれればいいじゃない。こうしているあいだだって、お腹の子はどんどん育ってるんだよ。十一月には生まれてきちゃうの。雄二があてにならないなら、誰か探さなくちゃいけないんだから」

せっぱつまって、いらだちをこちらに投げつけている。ささいな喧嘩はあったけれど、今日香さんのこんなきつい態度ははじめてだ。雄二がどうしていいのかわからずに黙ったままでいても、彼女は、眉間にシワを寄せ、ぶつぶついっている。

――じゃあ、今日香さんが仕事やめたらいいじゃないか。僕が食わせてやるよ。

そういってみたくなった。石倉の影響だろうか。

もし仮に雄二の給料だけで暮らすことになったら、こんな都心の２ＬＤＫからは引っ越さなきゃならないだろう。子供にお金がかかるから、のんきに好きなＤＶＤを借りたり、レストランの総菜を買って夕食をすませたりもできなくなるかもしれない。

でも、そんなことはどうでもよかった。一番に優先すべきことではない。

雄二は仕事をしている今日香さんが好きだ。社会と対面して、やるべきことを持っているからこそ、生き生きとしているし、きれいな人なのだ。だから自分も育児を引き受けて、家庭のなかでの責任を分担したい。

そんな心のうちをどうやって伝えればいいのかと思案していると、今日香さんがぽつりとつぶやいた。

「私は、ただ同じ経験を共有して欲しいだけなのに。雄二も、その辺にいる男の人と同じなのね……」

胸をどんと突かれた気分だった。

こういう時、するすると言葉が出てきたらどんなに楽だろう。残念ながら雄二は、大切な気持ちほど言葉を探してしまい、なかなかそれが見つからない。

言葉が出てこないなら、行動で伝えるしかない。もう、部内の雰囲気をあれこれ考えるのはやめようと思った。明日こそ、育児休暇を申請しよう。石倉が不機嫌になったとしても、彼女にがっかりされるのに比べればたいしたことではない。


朝一番で石倉のデスクの前にたった。誰かに聞かれて恥ずかしい話ではない。

「妻と話し合ったのですが、私、育児休暇をいただきたいと思います」

石倉は、一瞬わけがわからない、という表情をした。それからすぐに表情を引き締め、深く息を吸った。

「いいんじゃないのか……」

笑顔をつくってはいるが、目はまったく笑っていない。

「ありがとうございます」

ほっとした。けれど、それもほんの一時のことだった。

「いつだったか、三上がいっていたよなあ。そういう時代だって。うちのお客様は九割が女性なんだから、男性社員が育児を経験してみるのも悪くないだろう。まあ、仕事の状況を考えて時期の相談をしてくれ」

「はあ……」

「一週間ぐらいでいいんだろう？　かみさんのご機嫌をとるには。女が強いと、いろいろ大変だよな」

雄二が年上の女房にいいくるめられて、しぶしぶ育児休暇をとろうとしていると勘違いしているようだ。あいまいな既成概念から離れることができないのだ、この人は。石倉があわれに思えてきた。仕事はできるかもしれないが、心が不自由だ。

「一週間では子供は育ちませんよ、部長。三ヵ月ぐらいの育休をいただければ、と思ってます」

「三ヵ月？」

石倉はそういったまま、腕組みをして考え込んだ。大げさな動作は、彼のくせだ。永遠に休みたい、といったわけではないのに。

廊下側に近い席に座っている久美子が、パソコンから視線をはずして、まっすぐ雄二を見ているのがわかった。峰岸はけげんな表情をして、おっかなびっくりこちらをうかがっている。久美子と峰岸だけではない、ここにいる全員が耳に神経を集中させ、成り行きを気にしていた。

空気なんか読むな。雄二は自分にいい聞かせた。本当に大切なことは場の空気とは別の方向に流れている。

「時期なんですが、予定日が十一月末ですので、十二月半ばからを希望します」

今度は、全員が思わず雄二を見た。雄二の所属する給与課では、十二月は年末調整という大仕事がある。一年のうちで最も忙しい時期だ。みんなの気持ちを峰岸が代弁した。

「重松、まじでそんな時期に休むつもりなの？」

声がひっくり返っている。

「とりあえず、返事は保留にさせてくれないか」

石倉がいって、いつも通りの業務が始まった。すぐに久美子からメールがきた。

――かっこいいじゃん！　勇気あるよね。私は応援する。絶対「男の育休」実現して。私たちのためにも。

すぐに返事を打った。

――ありがとう。部長が理解してくれればいいんだけどね。

仕事のために仕事をするのではない。収入のためだけではないし、会社のためでもない。自分を含めた家族のために仕事をしている。そんなことを思った。正しいかどうか、わからないけれど。

　実家の母は困惑した。

　育児休暇をとって会社に迷惑がかからないのかを心配している。

「会社に迷惑って、そりゃあかかるだろうけど、でも、それは仕方のないことだろ。子供を育てるっていう、もうひとつの仕事を引き受けなくちゃいけないんだから」

「でも、雄二、その……、出世にひびいたりしないの？」

「やだなあ、母さん。おれは出世なんて興味ないよ」

　母は黙ってしまった。がっかりさせたのだろうか。出世なら、都市銀行の部長になった兄が果たしているのに。

　母は一昨年に定年退職をするまで、百貨店の外商部に勤めていた。仕事一直線の父とは子育てのことでずいぶん衝突した。子供の頃、雄二が風邪《かぜ》をひくと、どちらが面倒をみるかで母と父がいい争うことが少なくなかった。その場面に出くわしたくなくて、多少具合が悪くても、がまんして登校したこともある。

　兄や雄二の成人式や結婚式の際、感激する父に、母は必ず、こうした言葉を投げかけた。

「あなたは育てたうちには入らないわ。子供の頃なんて甘やかすだけ甘やかして、叱ったりしつけたり、悪役はいっつも私だったわよねえ」

笑いながらいうのだけれど、それは母の本心だろう。

雄二が子供の頃の母は、口には出さなかったが、父に育児休暇をとってもらいたいと思っていたはずだ。その母が、雄二の育児休暇に反対するとは意外だった。

母に話した翌日、最近ではほとんど連絡をとらない兄が、わざわざ電話をかけてきた。意外な反応だった。

「母さんから聞いたけど、お前育休とるんだって?」

「そのつもりだけど、まだ会社から正式許可はもらってないんだ」

彼には高校生の娘がいる。

「いいなあ。はっきりいってうらやましいよ。子供は三歳までにすべての親孝行をするっていうじゃないか。一番かわいい時をたっぷり味わえるんだからな。おれなんか目の前の仕事に追われて、気がついたら、娘はすっかり父親を邪魔者扱いだよ」

「邪魔者って、そんな……」

「いやあ、年頃の女の子にとって、父親なんてきたないおっさんの代表みたいなもんなんだよ。男の子でも女の子でも、なついてくれるうちに、うんと頬ずりしておけよ」

そんなものなのかな、と思った。今日香さんには、兄の言葉を家族のそれとして伝えた。


育児休暇の申請はうやむやのまま、雄二は石倉に呼び出された。峰岸が手がける新しい仕事を手伝うように、という話だった。中途採用の美容部員に向けての会社説明会と合格者の研修である。雄二の会社で中途採用を大量に募集するのははじめてだ。そのために、新卒者とは別の大掛かりな会社説明会を設けることになった。

店長候補になる部員を発掘するのが狙いだ。会社説明会の後に試験と面接を行い、二週間後には採用通知を出す。十一月から研修が始まり、彼女たちは年末から店舗に立つ。その一連の流れを作るのが、雄二と峰岸の役目だ。

「部長、年末まで立ち会わなければならないでしょうか？」

「そうはいってないよ。様子をみて、育児休暇をとればいい」

石倉はそういって、雄二の肩をぽんと叩いた。とることは認めてくれるものの、時期や期間がいつまでたってもはっきりしない。

早速、峰岸と打ち合わせを始めた。二人で会議室にこもり、メモ帳にするべきことをひとつずつ書き出していく。勤務条件の確認、募集要項の文面、掲載する媒体……。一段落して、峰岸がいった。

「実はさあ、銀座《ぎんざ》店の店長が旦那の転勤で辞めちゃうのよ」

銀座店は売り上げナンバーワンの店舗だ。

「いつですか？」

「新年早々だってさ。それもあって、中途の募集を増やして、あわてて前倒しにしたんだよ」

峰岸は、ホワイトボードのメモをまとめながら、ため息をついた。美容部員は全員が女性だから、どうしても結婚や出産、夫の転勤といった理由で、急な離職が多い。出産後に復帰した部員はごくわずかだった。

会社説明会への参加を希望したのは、予想をはるかに上回る二百人だった。予定していた会場では入りきらず、東京国際フォーラムに変更した。

雄二たちの会社よりさらに規模の大きな化粧品会社や、ハリウッドの人気女優がイメージキャラクターを務める海外メーカーの美容部員からの申し込みもあった。なかでも、大手三社を渡り歩いてきた「楠木彩子《くすのきあやこ》」は、美容業界では知らない人はいない名前である。マスカラを一日で百本売ったとか、芸能人がわざわざ彼女の接客を受けに来るとか、伝説の多い美容部員だった。入社してくれたら、大きな戦力だ。楠木の応募に峰岸は興奮した。

美容部員の経験者たちが二百人も集まると、いろいろな香水が混じり合い、広い会場に独特の甘い香りが漂っていた。場内整理にかり出された久美子は、人が通り過ぎる度に、香水の銘柄当てをしている。

楠木彩子は、紺色の細身のパンツスーツを着こなして現れた。髪はきっちりとまとめられ、化粧は他の誰よりも薄かった。化粧品メーカーの社員の男でなければ、素顔と思うかもしれない。個性を消すことが義務とでもいいたげだったが、凝《こ》った化粧の女たちの中では逆に目立つ。履歴に書かれた年齢は三十五歳。歳相応の落ち着きと、地味な装いでは隠しきれないはなやかさがあった。他の美容部員たちはちらちらと楠木を見ていた。

石倉の挨拶から説明会は始まった。この会社にとって、美容部員がどれほど重要な位置を占めているかを、熱く語っている。

「我が社には、みなさんの経験と知識と、そして愛情が必要です。まずはそのことをご理解いただければ、幸いでございます」

よく通る石倉の声は、マイクを通すと、より堂々と響いた。いつもはうっとうしい石倉の語りも、こういう会場だとそれなりに聞こえるから不思議だ。美容部員たちはみんな、ばっちりマスカラを重ねた眼を大きく見開いて、耳を傾けている。

「今や、社会にとって、女性のエネルギーは必要不可欠の時代であります。我が社はそのエネルギーを存分に生かしていただける場所だと確信しております」

よくいうよ、と久美子が小声でいい、峰岸がたしなめた。短すぎず、長すぎない石倉の挨拶が終わり、峰岸と雄二が並んで壇上にたった。今度は会社概要だ。用意したスライドを雄二がめくり、峰岸が、簡単な社の歴史や一押し商品などを説明した。

質疑応答の時間になると、質問が数多く飛び出した。就職活動の学生よりも具体的、かつ現実的な内容である。ボーナスや交通費について、制服の支給枚数や有給休暇の消化率などなど。金髪に近い髪の色をした女性からは、こんな質問があった。

「ちょっと事情がありまして、うちは母子家庭なんですけれども、近い将来、保育施設を作る予定はありませんか？」

峰岸がにこやかな笑顔で応える。

「残念ながら今のところは……。でも、検討の余地はあると思います。社に持ち帰らせていただきます。こういった皆様の個人的なご事情はとても参考になりますので」

勝手にそんなことといってしまっていいのだろうか。雄二はあせったが、石倉は満足げな顔でうなずいている。次に挙手をしたのは、楠木だった。

「御社では、出産でキャリアを中断されてから、現場復帰された方は、どれぐらい、いらっしゃるんでしょうか？」

「まあ、約五割、といったところでしょうか」

本当はもっと少ない。それでも楠木は驚いた。

「それだけですか。さきほどのお話では、女性の社会進出にご理解のある会社という印象を受けたのですが……。個人的な話が参考になるのでしたら、私のこともお話しさせていただきますね。実は、来月から不妊治療を受けることになってまして、無事授かりましたら、もちろん育児休暇をいただきたいと考えております。そうしたことに負い目を感じない会社を探しています」

何人もの美容部員が深くうなずいていた。峰岸は言葉につまったが、突然雄二の左手をとって、高くあげた。

「我が社では、そうした心配はまったく無用です。育児休暇、大歓迎。たとえば、この男性社員！　彼は十二月半ばから来年の春まで子育てでお休みですよ！」

場内が軽くざわめいた。その場しのぎの調子の良さも、ここまでくると芸当だ。雄二は、だらしなく下げられていた左手を、あわてて上向きにした。二百人の女性たちがみんな自分を見ている。あわてて笑顔を作った。

「へえ、男の人が育休」

「はじめて聞いた」

そんな声がする。

楠木が満足そうな顔で軽く拍手をした。すると、それが場内に広まり、拍手が渦巻いた。久美子も、スタッフ用の椅子《いす》から立ち上がり、両手をおでこの辺りまであげて手を叩《たた》いていた。雄二は、心配になって石倉のほうを見た。いつものように腕組みをして、考え込んでいる。

帰宅してすぐ、今日の出来事を今日香さんに話した。こうして、その日にあったことをしゃべる相手がいることのありがたさを結婚して知った。アドヴァイスが欲しい時もあれば、そうでない時もある。ただ話すだけで、話す相手がいると思うだけで気持ちに余裕ができる。

彼女は、しぼりたてのグレープフルーツジュースを飲みながら聞いていた。雄二は缶ビール。

「じゃあ、峰岸さんに感謝しなきゃね。無理矢理、石倉さんを説得してくれたんだから」

「うーん。部長が納得してんだかどうだか、まだわかんないけどね。あの人、くせ者だからさ」

翌日、石倉は、部員全員を集めて、いきなりこんなことをいい出した。

「重松、お前は今日からキャンペーンボーイだ」

「なんですか、それ」

「我が社の〝女性に優しい会社〟キャンペーンだよ。昨日の説明会で気がついたんだが、女性に優しいっていうイメージを作るには、自分のとこの女性だけにいい待遇を与えればいいってもんでもないだろう。女性が社会に出ながら子供を産んで育てるっていうシステムそのものを、応援してる姿勢があったほうがいいと思うんだ」

雄二は面食らった。

「いったい、私に、何をしろとおっしゃるんですか？」

「まずは育児休暇をとれ。十二月半ばから三月いっぱい。いや、ゴールデンウィーク明けまででもいいぞ」

「ありがとうございます」

「で、ブログをやれ。育児ブログだ。もちろん、要望があればメディアにも出てもらう。十二月からとれば、来年度の新卒の募集要項にも実績として載せられるんじゃないのか。男性社員の育児休暇も奨励している会社、として」

思い通りの期間が認められたことは嬉しい。けれど、結局、会社に利用されるのか。ただシンプルに、自分の子供の面倒をみたいだけなのに。それを、大したこととして世間に発表されると思うと、気が重くなった。

「タイトルはわかりやすくしてくれ。そうだなあ、『男の育児日記』じゃヒネリがなさすぎかなあ。重松、お前は一人っ子か？」

「いえ、次男ですけど」

「じゃあ『次男坊の育児日記』でいいだろう。よろしくな」

勝手にタイトルまで決められてしまった。

雑務のあいまに、峰岸が声をかけてきた。

「なんか、おれのせいで大変なことになっちゃったなあ」

「……。キャンペーンボーイって、かなりこっぱずかしいですよね」

「なんか、あの時さ、会場の空気っていうの？　そういうのに押されて、つい口がすべっちゃってさ」

「かんべんしてくださいよ」

やりとりを聞いていた久美子がわざわざやってきて、口をはさんだ。

「いいじゃない。結果オーライよ。これで重松くんは希望通りの時期と期間で育児休暇がとれる。部長は新しい野望に燃えている。会社側だって、プラスがあるんだから。それに、きっと楠木彩子、うちに来るわよ。なんとなく、のカンだけど」

そんなものなのかなあと思った。

今日香さんも久美子と似たようなことをいった。

「おもしろいこと考えつくのねえ。子供の記録になっていいじゃない。会社に、デジカメ買ってもらいなさいよ。うんといいやつ」

女の人って本当にたくましい。何が一番の優先事項かを身体でわかっている。

「最新のデジカメぐらい支給してもらわないとやってられないよ、こんなこと」

「なんで？　楽しめばいいじゃない。せっかくなんだから」


人間は、最も不完全のまま生まれてくる動物だと、誰かがいっていた。たいていの哺乳類は生まれてものの三十分で立ち上がる。けれど、人間は時間をかけて二足歩行になり、一人で行動できるようになるまで、もっと時間をかける。

雄二は、分娩室《ぶんべん》の前で我が子が生まれてくるのを待っていた。

ペットボトルの水を飲んでも飲んでも、喉が渇いてしまう。血を見ると貧血を起こしやすい雄二を気づかって、今日香さんはいった。

「無理して分娩室のなかまで立ち会わなくてもいいわよ。何でもかんでも直視すればいいってもんでもないしね。私自身ははじめてのお産だけど、一応シロウトじゃないわけだし。同じ時間を共有してくれれば、それでじゅうぶん」

「うん、わかった。軽はずみなことはいいたくないから、なかに入るかどうかはその時に決めるよ。自分の子供と会うって、どんな気持ちになるんだろう」

きっと人それぞれだと、大学病院時代にいくつもの出産現場に立ち会った彼女はいった。出産というと、誰もが同じように感動すると思いがちだけれど、その質も量もみんな違う。基準などないし、それが当たり前なのだ、と。

こうして待っている雄二は心配ばかりしていた。さっきから、カメラの準備はいいか、実家の両親への連絡が遅くならないか、そんなことばかり気にしているのだ。

寒い夜だったけれど、雄二は汗をかいていた。院内の暖房のせいか、あせりのためか、自分でもわからなかった。前向きなあせり。この奇妙な心の動きをなんと呼んだらいいだろうか。ブログをつけるようになって、自分の気持ちの確認をするくせがついた。今までなら、なんとなく、で済ませていた感覚に、具体的な言葉を当てはめたいという欲求が生まれた。

時間がどんどん過ぎて行く。ただ、うろたえている自分を変えたかった。何でもいいから何かをしたくて、雄二は結局、分娩室に入った。血を見てめまいを起こしている暇などなかった。

十一月二十八日。午後十一時五分。

雄二と今日香さんの長男が生まれた。

彼の泣き声をはじめて聞いた時、自分はここにいるんだと、世の中に必死に伝えているように、雄二には聞こえた。自分もこうして、泣き叫びながら生まれてきたのだ。ないはずのその時の記憶が、今刻まれた気がした。嬉しいとか悲しいとか悔しいとか、そういう感情がまったく含まれない心の震えを感じた。その震えは、自分を脅《おど》かすのではなく、むしろはげましてくれる。

汗だくの彼女は、今までで一番きれいだった。正直いって、生まれたばかりの長男のことは一瞬忘れて、惚《ほ》れ直した。それはブログには書かなかった。

それから間もなく、本当の『次男坊の育児日記』の日々が始まった。

赤ちゃんは待ってくれない。お腹がすけば、うんちをすれば、おしっこをすれば、すぐに泣く。ただただ泣く。泣くことしかできない。その度に他のことはすべて中断される。赤ちゃんは生きるのに必死だった。兄は、たっぷり楽しめよ、なんていったけれど、楽しんでいる余裕はなかった。

はじめのうちは、泣き止まないことにとまどった。オムツは替えたしミルクも飲ませたばかりなのに泣き続けるので、不安になった。どこか具合が悪いのではないだろうか。抱っこしてもあやしても、泣いている。今日香さんの携帯を鳴らしても出なかったので、しかたなく実家の母に電話をした。母は、そんな雄二を笑い飛ばした。

「馬鹿ねえ、赤ちゃんは泣くのが仕事なの。理由なんか、ないのよ。そんなことでいちいち電話してきて、この先大丈夫なの？」

雄二は、全身全霊で泣き叫ぶ我が子を、ただながめ、時間が過ぎるのを待った。すべすべの肌も生え揃わない髪の毛も、まだ短い手足も、すべてが愛らしかった。顔をながめていると、もしかして、他の子にはないものすごい才能を持っているのではないかと思う。立派な親馬鹿だ。

オムツを替える、ミルクをやる、時々抱っこをしてあやす。それだけに追われる毎日なのに、大きな充実感があった。赤ちゃんは、ものすごいスピードで進化していく。昨日はできなかった寝返りが、今日は半分ぐらいできるようになる。会社のどんな仕事より手応えが早い。そんな彼の成長を目の当たりにしていると、時間がたつのがあっという間だ。

自分のことでせいいっぱいに見えるが、赤ちゃんなりに人を見て判断をしているのもわかった。今日香さんが哺乳瓶でミルクを飲ませようとすると、激しく首を横に振って抵抗する。そこにおっぱいがあるのにどうして哺乳瓶なのだ、と主張しているらしい。雄二が哺乳瓶をやると、にこにこしながら口にする。男のおっぱいから乳が出ないことはわかっているようだ。

週末には、たいてい来客があった。彼女の友人だったり、雄二の会社の人間だったり、いろいろな人が長男に会いにやってきた。みんな、ブログを見てくるらしく、あの写真はこの辺りから撮ったのか、などと聞かれることも少なくなかった。

今日は久美子と峰岸が来る。

久美子はアップルタルトと紙オムツの差し入れを、峰岸は有名なブランドの子供服を持ってきてくれた。久美子は何の躊躇《ちゅうちょ》もなく赤ちゃんを抱いたりあやしたりしたが、峰岸はなんとなく落ち着きがなかった。

今日香さんが紅茶を入れ、雄二がアップルタルトを人数分に切り分けた。タルトは、目黒の五本木にあるパティスリースリールのもので、彼女の大好物だった。早くこれを子供と一緒に味わいたい、そんな言葉をブログに書いたことがあった。久美子はそれを読んで、わざわざ買いにいってくれたらしい。

タルトを食べ終えると、峰岸は雄二にたずねた。

「なあ、育児ってどう？」

「僕は案外向いてるのかもしれないですね。まったく苦にならないですもん」

「ふうん。実はさ、おれもとろうかと思ってるんだ」

「ええっ」

雄二も久美子も今日香さんもほぼ同時に声が出た。久美子がいった。

「峰岸さん、独身ですよね？」

「今度するんだ、結婚。そのう……、いわゆるでき婚ってやつ」

今度は三人とも、口をあけたままになった。

「予定はいつなんですか？」

「夏の終わり頃みたいだけど」

奥さんになる人から、育児休暇をとって欲しいと頼まれたわけではないらしい。峰岸は、照れ隠しなのか、立ち上がってベビーベッドのそばまで行き、両手をカメラに見立てて写真を撮る真似をしながらいった。

「あのブログを読んでてさ、育児休暇って、男にとって大きなチャンスなんじゃないかって気がしてきたんだ。男は自分のお腹のなかで子供を育てるわけにはいかないじゃん。だから、赤ちゃんのうちに育児を引き受けてみれば、親になった醍醐味《だいごみ》が、もっと味わえるのかもなあ、なんて思ってさ。ま、おれの勝手な想像だけど」

ただのお調子者だと思っていたこの人がこんなふうに感じているとは、意外だった。峰岸は、雄二に確認してから、おっかなびっくり長男を抱き上げた。ぎこちない手つきだった。

「正直いって、重松が部長にいった時は、男が育休なんて馬鹿じゃないのって感じだった。でも、あれを読んでいるうちに、おれも子育てしたいなあって気になったんだよね」

雄二は、棚から一眼レフを取り出し、峰岸と長男を撮った。明日のブログには、この写真を使おうかな、と思いながら。

第四話　コイントス

生活は際限のない作業の積み重ねだ。

日々を悲しんだり恨《うら》んだりする暇《ひま》もないほど、しなければならないことが押し寄せてくる。掃除や洗濯といった家事だけではない。犬の世話、一年ほど通っているパン教室、それに、町内会の集まり、歯医者や美容皮膚科への通院もある。呉服屋を経営する夫と一緒に顧客と会食をする夜も少なくない。会食の前は、美容院で髪を結い上げてから、自分で着物を着付けて出掛ける。

佐久間《さくま》重美《しげみ》にとって、すべては終わりのない作業だった。結婚して、十四年。はじめのうちは楽しかったいろいろなことが、慣れると何の感情も持てなくなった。

最近は献立《こんだて》を考えるのでさえ、面倒でしかたがない。今夜は手っ取り早く鶏の唐揚げにした。

しょうが汁につけ込んだ一口大の鶏肉を、粉をまぶして次々と油の中に放り込む。

油を吸った鶏肉が、色を濃くしていくのを見つめながら、頭の中であわただしくこの後の手順を確認した。ブロッコリーを茹《ゆ》でる、ドレッシングを作る、キュウリの漬《つ》け物を皿に盛る……。パン教室の友達とつい長電話をしてしまい、夕食の支度が遅れていた。冷蔵庫の中にある作り置きのきんぴらごぼうが、どれぐらい残っていたかが気になった。

鶏肉をすべて油きりにのせ終わったところに、義母の町子《まちこ》が入ってきた。検閲《けんえつ》するように、台所の様子を見渡す。

「あらあ、今日は唐揚げ。元気が出そうなメニューじゃなくって。それにしても、ずいぶんたくさんね。これで三人前？」

重美は、心の中でため息をついた。町子は、三人ではなく四人で食卓を囲みたい、と遠回しにいっているのだ。孫を含めた四人家族。町子は、何かにつけて孫のことをちらつかせる。はっきりとはいわないのも、余計に重美を落ち込ませた。

「すみません。作りすぎちゃいました」

「やあねえ、重美さん、なんでもすぐあやまるんだから。わたくしはね、別に文句をいってるわけじゃないの。見たまんまを口にしただけよ」

町子は、わざとらしく笑って、台所を出て行った。

夫の勝成《かつなり》が経営する呉服屋は五代ほど続く老舗《しにせ》だった。日本橋《にほんばし》に店を構えている。勝成は長男だ。銀行員に嫁いだ妹がいて、兄弟は他にいない。町子が熱望しているのは、かわいい孫というより、「佐久間呉服店」の跡取りなのだ。

食卓に皿を並べていると、携帯電話が鳴った。勝成からだった。このタイミングでの用件は、察しがついた。

「あ、おれおれ。悪いけど、今日は夕飯までには帰れそうにないから。ちょっと、いろいろあって。外で適当に済ますわ」

「うん。わかった」

一言だけいって、電話を切る。同じ主婦の友人たちの話を聞いていると、こうして連絡を入れてくるだけましなのかもしれないが、それでも、小さないらだちがわき起こる。勝手に一人で逃げ出された気分だった。家族団欒《だんらん》という場面から。

町子と二人だけの夕食は苦痛だった。エプロンをはずし、居間で夕刊を読んでいる町子に声をかける。

「勝成さんは、急用で夕食には間に合わないそうです」

「そう……。お仕事が忙しいってのは、ありがたいことね、このご時世に。重美さん、ご存知でしょう。神楽坂《かぐらざか》の清水屋《しみずや》さんの件」

勝成の用事が仕事だかどうか、怪しいもんだわ、そんなことを思いながら、適当に相槌《あいづち》をうった。

神楽坂の清水屋は、やはり何代も続いていた和菓子屋だ。どら焼きが全国的に有名で、清水屋が大手の食品メーカーに買収されたことは新聞の一面を飾った。他人事《ひとごと》ではない。佐久間呉服店だって、それなりに名前は通っているものの、商売は順調とはいえなかった。

町子がきんぴらごぼうに箸《はし》を伸ばす。重美は逆らうように唐揚げをとり、ろくに味わいもせずに飲み込んだ。

「勝治郎《かつじろう》さんが生きていたら、何かお力になれたかもしれないわねえ。清水屋さんとは、そりゃあもう親しくさせていただきましたから」

勝治郎というのは、勝成の亡くなった父である。重美と勝成の結婚式の際は、清水屋特製の帯をかたどった落雁《らくがん》を引き出物に使った。

「口幅ったいかもしれないけど、暖簾《のれん》を守るのは、大変なことですよ。それまでの歴史っていうのはね、お金を出したって買えるものじゃないの。だから、私たちは佐久間の名前をきちっと受け継いでいかなくちゃいけない。そういう義務があるのよ」

「そうですね……」

またか、と思った。暖簾を守る大切さと大変さを語るのは、ほとんど町子のライフワークだ。

電話が鳴る。重美はほっとして、受話器をとった。

「もしもし。夏恵《なつえ》ですけど」

義妹のはずんだ声がした。

「お久しぶり」

「あ、お義姉《ねえ》さん。ちょうど夕食時でしょう。ごめんなさいね」

「いいえ、いいのよ。お義母《かあ》さんでしょう。ちょっと待ってて」

町子が夏恵と話しているあいだ、重美は黙々と食事をとった。町子は、何やら受話器を持ったまま、大げさにうなずき、あげくに涙を拭い始めた。なんだろうと思ったけれど、必要以上に、彼女たちに入り込まない癖がついている。

受話器を置いてから、町子は、ふう、と大きなため息をついた。

「夏恵、おめでたですって」

どんと胸をつかれた気分だった。

「二ヵ月目なんですって」

食卓には冷たい空気が流れた。

「まだ、男の子か女の子かは、はっきりしないみたいだけど」

妹夫婦には、四歳になる長女と二歳半の次女がいる。なぜ、という思いが胸を塞《ふさ》ぐ。あの夫婦が三人目の子供に恵まれるのに、どうして、自分たちにはできないのか。

重美が黙っていると、町子はのろのろと箸を動かし始めた。喜びと落胆と、その両方を味わっているのだろう。唐揚げには手をつけず、きんぴらごぼうと漬け物ばかり食べている。

「すみません。お義母さん」

他に言葉が見つからなかった。

「重美さんったら、あなたはあやまってばかりね。いいのよ、気にしなくて」

町子は低い声でいった。

この場に勝成が居合わせなくて良かった。夫がうろたえる姿はみたくない。重美は唐揚げを食べ続けた。片付けが終わってから、胃薬を飲んだ。

重美と勝成は恋愛結婚だ。

航空会社の地上勤務をしていた時、友人に紹介されて知り合った。当時、勝成は商社に勤めていた。二歳年上で、体育会のラグビー部出身の勝成は、頼りがいのある恋人だった。ごく普通のOLとサラリーマン同士、このままいったら結婚するのだろうと、ぼんやりと思っていた。勝成の実家が老舗の呉服屋なのは知っていたけれど、まだ若かった重美は、それについて深く考えることはなかった。

つきあいはじめて二年が過ぎた頃、勝成の父である勝治郎が急逝《きゅうせい》した。脳梗塞《のうこうそく》だった。社会でじゅうぶん経験を積んでから家業を継ぐことになっていた勝成は、悲しみにひたる間もなく退社し、佐久間呉服店の代表取締役となった。結婚の話が持ち上がったのは、翌年の春である。

町子が、重美のことをあまり気に入っていないのは、最初からわかった。勝成の嫁には見合いでどこかの令嬢を、と考えていたらしい。重美の父は、平凡なサラリーマンだ。重美の中レベルの学歴にも不満なのは明らかだった。

落胆も怒りも感じたけれど、町子の価値観があまりにもありきたりなのがおかしくもあった。

不安がる重美に、勝成はいった。

「これからはそういう時代じゃないよ。かあさんもそのうちにわかると思う。だから、おれのこと、信じて欲しい」

まっすぐに目をみつめていわれ、重美は、この男についていこうと決めた。町子は、同居を条件に結婚をしぶしぶ了承した。友達は「玉の輿《こし》」とからかった。冗談半分とわかっていても、いわれる度に、じめじめとした居心地の悪さを感じた。勝成個人を好きになったのだ。老舗の跡取りだからつきあったわけではない。

結婚したとたん、町子は子供を催促し始めた。重美は、子供は二人の時間を楽しんでからでいい、三十歳までにできればいいだろうと気軽に考えていた。今時、三十過ぎてからの初産なんてめずらしくもない。何の気なしにそれを町子に告げたら、唖然とされた。それからは、以前にも増して、老舗の暖簾を守る義務を長々と語るようになった。勝成に相談しても、うやむやな答えしか返ってこなかった。

重美だって、子供が欲しくないわけではない。ただ、あまりにせかされると、そのためだけに自分という人間が存在しているようで、反発したくなった。

妊娠の兆候がないまま三十歳を迎えた。基礎体温をつけ、排卵日を勝成にも教えるようにした。セックスが、愛情の確認から、日常的な作業になっていった。それでも、妊娠はしなかった。

三十一歳まであと数週間という時になって、産婦人科に足を運んだ。医師によれば、健康な夫婦が普通にセックスをしていて二年以上妊娠しないと、「不妊症」と認定されるという。重美は立派な「不妊症」だった。

一通りの検査を受けたが、特に異常はなかった。医師には夫を連れてくるようにと指示を受けた。

そのことを告げられた時の勝成は、できるだけ感情を押し殺そうとし、だからこそかえって怒りと怯《おび》えがあらわれていた。町子は怒りを隠そうとはしなかった。息子が不当な扱いを受けていると感じたようだ。

「あなたって人は、夫に恥をかかせて平気なの」

そういって、涙ぐんだ。

それでも、勝成はしぶしぶ病院に足を運んだ。二人とも、待合室では言葉もなく、うつむいたままだった。黒ぶちの眼鏡《めがね》をかけた医師は、淡々といった。

「うーん、どちらかといえば、ですが、ご主人の精子は薄いようですね。でも、まあね、無精子症ではありませんから、妊娠の可能性がないわけじゃありません」

白とも黒ともつかない診断では、この先どうしたらいいのか、わからない。不安はさらに大きくなった。一生、子供ができないのかもしれない。自分の人生が味気なく、とてもつまらないものに思えてくる。

それから何軒かの産婦人科にいった。正解のない問題の答えを探して、奔走した。

「あまりむきになっちゃだめですよ。ストレスが不妊につながるんですから」

そういう医師に、重美は強い口調でいい返した。

「むきになんか、なっていません。家庭を持った女なら誰だって、子供を欲しいと思うのは普通でしょう」

そんなやりとりを何度もした。

勝成は排卵日のセックスを面倒くさがるようになった。口頭で伝えるのはあからさまな気がして、カレンダーに小さな印をつけるようにしていたが、それを見忘れたふりをする。したたかに酔っぱらって帰宅し、寝間着に着替えたとたん、寝息をたてたりする。佐久間呉服店の跡取りは夫婦二人だけの問題ではない。重美は、排卵日が来る度に神経質になった。気がつくと、嫌悪していた町子の価値観をそのまま受け継いでいた。

排卵誘発剤の注射も試した。それでもだめで、人工授精を試みた。夫がマスターベーションで出した精子を、専用の器具で子宮に注入する。

重美は治療台の上で大きく脚を広げて待つ間、昔流行った「試験管ベビー」という言葉を思い出した。

腰の下辺《あた》りには、カーテンがかかっている。カーテンの向こうから、医師や看護師たちの事務的であわただしい会話が聞こえる。みじめさがこみあげてきた。今度こそきっと出来るはずだと、祈るように信じた。でも、だめだった。

それから五回ほど人工授精を受けたが、妊娠することはなかった。回数を重ねる度に、期待をしない癖がついていった。

重美は、そのあいだ何度となく、伯父の最期の姿を思い出した。母の年齢の離れた兄で、八十二歳で亡くなった。亡くなる前の数年間は、さまざまな種類の手術を受け、身体に何本か管をつけて生きていた。食べるものは制限され、大好きだった酒も煙草もやめさせられたけれど、それでも伯父自身が生きたがっていた。人工授精を行う時、無理矢理目を見開く伯父の最期の顔が、迫るように頭に浮かぶのだった。

何の解決方法も見つからないまま、四十歳の直前まできてしまった。もう期限は漠然としたものではなく、具体的にあと数年となった。めんどうくさがる勝成をなんとか説得しては、排卵日前後のセックスを続けた。評判の産婦人科を探して、駆け込む気力はもうない。それでも、わずかな可能性にすがりたいと思った。

町子は具体的に妊娠をせかすことはしなくなったが、「老舗」「暖簾」「伝統」といった大仰《おおぎょう》な言葉で、同じようなことをいうようになった。

生理の度、いったい何のために、何年も血を流し続けているのだろう、と思った。妊娠はしないのに、生理前の睡魔と生理中の腹痛は、若い頃よりひどくなった。

明日のパン教室に行く準備をして、郵便物の整理や礼状を書いたりしていると、あっという間に十時を過ぎた。町子は寝てしまったが、勝成はまだ帰宅していない。重美は風呂に入ることにして、パジャマをとりに寝室に入った。サイドテーブルには小さな卓上カレンダーが置いてある。

勝成が酒の匂いをまき散らして帰宅したのは、重美が風呂から出て、化粧水で顔を叩《たた》いている時だった。

「あ、お風呂にする？　すぐ、わくと思うけど」

「自分でやるからいいよ」

そういって、重美の横を通り過ぎていった時、うっすらと人工的な甘い香りが鼻をついた。重美は先にベッドに入った。目をつむりながら、身体の奥からうねるようにしてやってくる欲望を自覚した。

四十歳を目前にして、生理痛がひどくなったこと以外にも、大きな体調の変化があった。排卵日の前後になると、こうして激しい性欲がわき起こる。あの部分がうずく。女が「うずく」なんて、男によって男のために作り出された妄想の中のことだと思っていた。

けれど、今、重美はまさしくうずいている。

重美は、結婚前、セックスだけが目的のセックスをしたことがなかった。相手に恋愛感情が生まれ、多少なりとも信頼ができてから、身体を許してきた。けれど、こんなふうに性欲を感じるようになると、身体を許す、などという表現もまた、男によって男のために作り出された妄想のひとつという気がする。

途方もない性欲は、動物としての残り時間はあとわずかだと、突きつけられている証《あか》しのような気がした。

勝成が石鹸《せっけん》の匂いを漂わせて、ベッドに滑り込んできた。重美は、少し間をおいてから寄り添い、勝成の胸を軽くなでた。勝成はさりげなく寝返りを打った。重美の手は勝成の脇腹辺りに置かれたままになった。

「カレンダー、見たでしょう。排卵日なのよ」

乳房を勝成の背中に押し付ける。勝成はしばらく、そのままの体勢で動かずにいたが、観念したように身体の向きを変え、重美の肩を抱き寄せた。雑な手つきといつもと同じ手順で重美を扱った。勝成は、いつまでたっても入ってこなかった。あげくに、自分の身体を投げ出した。

「だめだ……。今日、できない」

「え？」

「無理だよ。養鶏所《ようけいじょ》の鶏じゃないんだからさ」

背を向けて、すぐにいびきが聞こえてきた。重美は、頭の中で勝成の言葉を繰り返した。


大学時代の友人である桜子《さくらこ》と会うのは久しぶりだった。丸の内にあるフレンチ・レストランにランチに行った。

友人の桜子は、外食産業の会社で働いている。結婚や出産などまったく頭にないらしく、話題はいつも仕事のことばかりだ。居酒屋でくだを巻くサラリーマンのような愚痴ではなく、仕事をしていて見聞きしたことを、おもしろおかしく話してくれる。重美が時々、老舗に嫁いだことのわずらわしさを嘆くと、偏見なく聞いてくれた。

養鶏所の鶏という、勝成の言葉が心に突き刺さったままだ。桜子に話してみようかとレストランに向かう道すがら考えた。子供のいる主婦の友人に不妊の話をするのは気が重いし、どうしても卑屈な気持ちになってしまう。

桜子のような出産とは無縁の友達なら、余計な気づかいをせずに話せそうだ。何かアドバイスが欲しいわけではない。ただ話を聞いてもらうだけで、気が晴れる。

店内は満席だった。後ろのテーブルは、子供連れのグループだった。三人の子供は皆、幼稚園ぐらいの年齢だろうか。子供を見ると、とっさに、今妊娠しても、子供が幼稚園に上がる頃には自分は四十代半ば、などと計算してしまう癖がついている。

着飾った母親たちは自分たちの会話に夢中で、子供の一人が椅子から飛び降りてはしゃぎ始めても、おかまいなしだった。桜子がたしなめると、支配人があわてて、重美と桜子を個室に案内した。個室なら気兼ねなく話せると期待したけれど、桜子は化粧室に行ったきりになった。二十分もして戻ってくると、青白い顔色でぐったりしている。メイン料理には、ほとんど手をつけなかった。

「余計なお世話かもしれないけど……、働き過ぎなんじゃない？」

桜子は返事の代わりに、深いため息をついた。かなり疲れているようだ。

生き生きと仕事に熱中している姿をうらやましいと思っていたけれど、桜子の陽の当たっているところしか見ていなかったのかもしれない。

帰宅すると、義妹の夏恵が来ていた。テーブルには村上開新堂の白い缶があった。

いつもは、私用でランチをすると嫌味の二、三も口にする町子が、重美の姿を見るととまどった表情を見せた。同情より、嫌味のほうがまだましだと思った。

重美が近づくと、夏恵がさりげなく母子手帳をバッグで隠した。

「あら、おいしそうですね、クッキー。私もいただいていいかしら？」

努めて、明るくいったつもりだった。上品ぶった口調がいつの間にか身についている。そんな自分が時々いやになった。表面的な会話に一通りつきあってから、洗濯場に逃げ込んだ。頭の中をからっぽにして、作業に熱中する。

背後から夏恵の声がした。

「お義姉さん、ちょっといいでしょうか」

「何かしら？」

「余計なお世話かもしれないけど……」

さっき、自分が桜子にいった言葉と同じだ。重美は黙っていた。夏恵はとまどい気味に続けた。

「昨年末、赤坂に開業した婦人科、ご存知ですか？　不妊治療で評判なんですよ」

ほんとに余計なお世話だわ、といってやりたい。そう思いながら、ひきつった笑顔を返すしかなかった。

「主人の同僚の方がずっと悩んでいらしたんですけれど、そこで治療を受けて、先月授かったんです。最新のシステムを取り入れてるとかで、評判いいんですよ。先生がささいなことでも親身になってちゃんと聞いてくれるって」

その病院の名前は、雑誌で目にしたことがあった。

「心配してくださってありがとう。でも、私たちには私たちの考え方がありますから」

夏恵はクリニックのパンフレットを置いて、洗濯場から出ていった。洗濯機がガタガタいっている。そろそろ買い替えの時期だろうか。そんなことを考えて、気を紛らわせた。

隣に寝ているはずの勝成がいなかった。トイレかと思ったが、なかなか戻って来ない。夜中にこっそりとアダルトビデオでも見ているのかもしれない。それを責める気などさらさらなかった。ちょっと驚かせてやれ、ぐらいの気持ちだった。

デジタル式の時計は午前一時を示していた。足音を消して階段を下り、居間のドアの前にたった。

ドアの向こうから聞こえて来たのは、勝成の甘いささやきだった。

「だからさぁ、僕が本当に好きなのはぁ、みっちゃんだってば。いつもいってるだろ、わかってくれよ。こうやって、危険を冒して、夜中に電話してるんだしさ。僕もつらいんだ。ね」

身体が動かなかった。勝成はいったい何をいっているのだろう？　そのまま、ドアを見つめていた。

「え？　うん。旅行には必ず連れて行くよ。決済が済んだら、大丈夫だから。その時はさ、ずっと一緒だよ。二人で、思い出をたくさんつくろうね。そんなぁ、つめたいこといっちゃ、だめですぅ」

時折、幼稚な言葉が混じる。重美には見せたことのない一面だった。誰か知らない男の声に聞こえた。電話は三十分も続いた。女がだだをこねているらしい。呆然としながらも、頭の一部が妙にクリアで、冷静に状況を分析してしまう。いつだったかの、人工的な甘い匂いが、強く思い出された。あの時は気のせいかと思ったけれど、やはり女のものだった。

電話はキスの音で終わった。それは五回も続いた。乱暴に水だか酒だかを飲む音がしてから、ドアが開いた。視線を床に落としたままたたずんでいる重美を見て、勝成は、ひっと声をあげた。みっともない声だった。

「ど、どこから聞いてたの？」

それには答えず、勝成の手から携帯電話を取り上げようとして、もみあいになった。

「違うんだって。ちょっと、おれの話を聞いてよ。落ち着けよ。この子は、ちょっと仕事の関係でさ、相談にのってただけなんだから。ちょっと、重美、聞いてるのかよ」

勝成は、いいわけにもならない、支離滅裂な言葉を並べ立てた。重美は、黙ったまま、勝成の分厚い胸を叩き続けた。ぺちゃぺちゃと、こっけいな音がするだけだった。何でもいいから、大声を出したかった。家具を壊したり食器を割ったり、そういうことがしたい。でも、同じ屋根の下には町子がいる。翌朝の食卓には一緒につかなければならない。

居間のソファに寝ていたことを、勝成は、深夜放送で映画を見ていたらそのまま寝込んじゃって、と町子にいいわけした。重美は重美で、泣きはらした顔を、久しぶりに『アルジャーノンに花束を』をめくったんですよ、と繕《つくろ》った。町子は、アルジャーノンが何なのか、わからないようだった。

町子がいなければ、きっと、重美は家を飛び出していただろう。それが、いいのか悪いのか、わからないけれど。勝成はわざとらしいほど明るく振る舞って、いつも通りの時刻に家を出た。

その日の午後、勝成から電話が入った。

「家だとかあさんがいるからさ、悪いけどこっちに来てくれないかな」

「あらあ、お義母さんがいるとまずいお話なのかしら？」

そういってから、自分の口調が町子によく似ていることに気がついた。

家事を済ませてから、日本橋に足を運んだ。店の裏手にある喫茶店で勝成と向かい合う。身体の内側が煮えくり返るほどの怒りと、家庭を守らなければという決意のようなものが、自分の中で激しく交差する。勝成の言葉を待った。

電話の相手は、佐久間呉服店が支店を出している百貨店の女性社員だという。宝飾時計の売り場の担当らしい。

「これは、ほんとにほんとなんだけど、重美の誕生日プレゼントを探しにいって、その……、それで、まあ、顔見知りになって。すっごく一生懸命、重美のための時計を選んでくれてさあ」

なつかしそうな口調に、また腹がたった。重美は左腕を目の高さまであげた。そこに巻き付いているのは、去年の誕生日に勝成が買ってくれたフランク・ミュラーだった。

「こういうのって、喜劇なのかしらね。それとも、やっぱり悲劇？」

「ほんとに、すまなかった。でも、親切だし純粋ないい子なんだよ。おれと会う時は、いつも重美のこと、気にしているし。悪いのはおれだからさ……」

勝成はどこまでお人好しなんだろう。

「あなた、ばかじゃないの。妻の誕生日プレゼントの相談にのっといて、その男とつきあうような子よ。気にしてるなんて、表面だけに決まってるでしょ」

「ちゃんと、けりをつけるよ。だから、あの子のこと、悪くいわないでくれ」

自分が必死に守ろうとしている家庭とは、こんなにも頼りないものなのか。軽いめまいがした。重美は、あまりおいしくないコーヒーを一口飲んでから、たずねた。

「その子は、ええっと、みっちゃんでしたっけ？　いったい、いくつなの？」

「二十……、五歳……」

勝成はすまなそうにいった。ちょうど、重美が勝成と結婚した年齢だ。

「若いのねえ。その子に、佐久間の跡取りを産んでもらう？　そのほうが、お義母さんも、安心するかもしれないし」

するするとそんな言葉が口をついて出た。口にしてしまうと、それが、自分でも意識していなかった本心ではないかと思えてくる。

「重美……、まだ、気にしてたんだ。おれは、すっかり割り切ってくれてるのかと思ってた」

「そんなに簡単に、割り切れるわけないじゃないのっ。毎日毎日、お義母さんに嫌味いわれてごらんなさいよ。その上、浮気までされて。あ、でも、浮気かどうかわからないわよね……。まさか、本気なの？」

声を荒らげた重美を、カウンターに寄りかかっていたウエイターが振り返った。浮気と本気の境なんて重美にだってわからない。勝成は、唇を嚙みしめ、何かを耐えている顔をしていた。耐えてるのはこっちよ、重美はそういってやりたかったけれど、言葉を飲み込んだ。

くたびれた中年の男が入ってきた。読み古されたスポーツ新聞を手にとって、隣の席に腰を下ろした。左手の薬指には銀色のリングがあったが、それはかなり食い込んでいた。この男も父親なのだろうか。

「旅行って、どこに連れて行くつもりだったの？」

「そこまで聞いてたんだ、あの日……。箱根に行く約束してた。強羅《ごうら》花壇でゆっくりしようかって。でも、さっきキャンセルしたから。信じて」

重美がたずねたのは、行く先だけだ。旅館の名前まで知ろうとしたわけではなかった。そこまで口にするのは、鈍感なのか、それとも開き直っているのだろうか。

三日後、勝成は、重美の見ている前で、「みっちゃん」の電話番号とメールアドレスを消去した。「坂東《ばんどう》みー」と男か女かわからない表記で登録されていたので、みっちゃんの本名が、三津子《みつこ》なのか光代《みつよ》なのか美佳《みか》なのか、わからなかった。もちろん、そんなことだけで、関係が終わった証拠にはならない。

黙ったままの重美の両肩に手を置いて、勝成はいった。

「おれさ、子供のこと、ちゃんと考えるよ。正直もうどうでもいいやって思ってた部分もあるんだけどさ。かあさんはああいうけど、別におれたちに子供ができなかったら、佐久間呉服店は優秀な社員が引き継げばいいじゃないかって、自分のこと納得させてた。でも、重美は、まだあきらめる年齢じゃないもんな。おれにも重美にも決定的な原因があるわけじゃないしさ」

「本気でそう思ってる？」

勝成は、返事の代わりに、重美を抱き寄せた。家族としての抱擁《ほうよう》だった。

「おれ、もう一度、病院で検査受けてもいいよ。子供が欲しいっていうより、重美を失いたくないから」

調子のいいことといって、と心の中でつぶやいた。調子のいい言葉にだまされてやるのも、家族の役目だとも思った。

クボヤマ・レディース・クリニックは赤坂《あかさか》にあった。

「産婦人科医がこんなことをいうのは、おかしいと思われるかもしれませんが、出産が女の人生のすべてとは考えないようにしませんか」

重美の話が一通り終わるまでは、小さく頭をふってうなずいていただけだった窪山《くぼやま》先生は、言葉をひとつひとつ噛みしめるようにいった。治療方法の指示をされるものだと決めつけていた重美は驚いた。

夏恵のいった通り、端正な顔立ちの若い女医だった。ぱりっとアイロンが利いた白衣は着心地が良さそうだ。年齢は、重美と同じぐらいか、もしかすると若いかもしれない。

診察室は清潔なだけではなく、美容皮膚科と間違えそうな、モダンな装飾が施されている。つい、これまでの紆余曲折《うよきょくせつ》を長々と話してしまったのは、居心地の良さからだけではない。彼女には、目の前の相手をゆったりとおだやかにする何かがあった。

医師特有の、時として冷たく感じてしまう理路整然とした印象はなかった。

「おこがましいかもしれませんが、親の跡を継ぐことが、いろいろとややこしいのは、少しだけわかります。私の父は、地元ではちょっと有名な開業医なんですよ。ところが、うちは三姉妹。姉二人はそれほど期待はされませんでした。三番目の私が女だったものですから、これはもう後がないぞって親もあせったんですね。医学部以外に道はないって感じで育てられました。まあ、佐久間呉服店さんと田舎の病院では重みが違いますけど」

重美は、あいまいに首を横にふった。窪山先生は続けた。

「ちなみに、父の専門は内科で、実家の病院には産婦人科はないんですよ。私は親の意に沿ったんだか反したんだか、どうなんでしょうね」

沈黙が流れたが、決して気まずさはなかった。窪山先生は、窓の外に広がる青空をまぶしそうに眺めている。重美もつられて空を見る。透き通った青い色だった。不妊というプレッシャーから解放されたら、もっと素直に空の色を楽しめるような気がする。

心のうちをすべて吐き出してしまいたい、と思った。

「もう、すっきりあきらめちゃいたいって気持ちもないことはないんです。ただ、そのきっかけがなくて……。私の身体にも主人の身体にも、決定的な原因があるわけでもないし。自分を納得させようにも、理由がなくって」

「そうですか……」

窪山先生が、少しのあいだ視線をカルテに落としてから提案してきたのは、体外受精だった。以前にも、選択肢として考えたことはあったが、実行には移さなかった。

体外受精は、卵子を身体の外で精子と接触させて人為的に受精を行い、受精卵を子宮に戻す。人工授精よりもさらに大掛かりなものだ。人工授精の時の、あの割り切れない気持ちを思い出した。

ぽつりぽつりと自分の違和感を話す重美に、窪山先生は落ち着いた口調で、体外受精の現状を話した。医療の進歩は人間の生きる速度を追い越しているらしく、不妊治療クリニックでも産婦人科のある大学病院でも、たいてい行われているという。

「ただ費用もかかりますし、人工授精と一緒で、やったからといって必ず妊娠するわけではありません。回数を重ねれば確率があがるわけでもないですし」

「やっぱり、それしかないんでしょうか」

窪山先生は、間髪を入れずにいった。

「一度きり、と決めてされたらいいんじゃないですか」

コイントスのようだと思った。

もしその気になれば、体外受精を専門にしている病院に紹介状を書く、といってくれた。


夕食の際、そのことを切り出した。

その日の献立は、カレイの煮付け、ほうれん草の白和《しらあ》え、筑前煮《ちくぜんに》。久しぶりに、張り切って作った。こんな話をしなくてはならない時に、手抜き料理では申し訳ないと思った。それだけでなく、もし、体外受精をするとして、万が一、妊娠したら自分は妊婦になる。その時のことを考えると、口から入れるものは大切にしたかった。

勝成も町子も、体外受精と人工授精の具体的な違いをきちんとはわかっていない。自分一人が背負わされていたことを、改めて痛感した。いや、勝手に抱え込んでいたのかもしれない。食卓の団欒には似合わない単語をいくつも使って、説明をした。

町子は、ただただとまどっていた。体外受精の仕組みが理解できないようだ。当たり前だ。重美でさえ、完全には把握していないのだから。なんだか恐ろしいことね、と、つい、口走ってから、バツの悪い表情になった。

「そこまで重美さんを追いつめていたなんて、思いもしなかったわ」

独り言のようにそういって、のろのろとほうれん草の白和えを食べ始めた。

「それでね、費用のことなんだけど……」

重美は切り出した。

「その病院では最低でも一回に五十万以上かかるらしいのよ。もちろん保険は利かないし、場合によっては百万近くかかるかもしれません」

「百万！」

町子がすっとんきょうな声を出した。勝成は、黙ったまま何度も小さくうなずくと、カレイの煮付けを器用に食べ始めた。

「それで、そのう、百万円かければ、確実なのかしら？」

「だから、お義母さん、それは、なんともいえないんですって。一度で着床する人もいるし、何度やってもだめな人もいます」

「何度もって、じゃあ、何百万もかけて、それでもだめってこともあるの？」

「はい。だから、先生は、体外受精をするにしても、あらかじめ回数を決めてからにしたほうがいいって。一度だけやってだめなら、事実を受け入れようかと思います……」

事実を受け入れるのは、言葉で見聞きするより、ずっとむずかしいだろう。重美は町子ではなく、勝成のほうを向いた。

「私の年齢だと、確率はかなり低いそうよ。十五パーセント以下といわれたわ。その確率に百万かける価値があるかどうか。これは、もう、自分たちで決めるしかない」

「じゃあ、やろうよ」

勝成がいった。

「一度だけ、それでだめだったら、もういいじゃないか。夫婦だけだっていいし、養子をもらったっていいんだ」

「養子！」

町子が、また、すっとんきょうな声を出した。体外受精の次は養子といわれても、町子にとっては何ひとつとして現実味がないのだろう。何がなんだかわからない、という顔をしている。

「本気でいったわけじゃないよ、かあさん。でも、最近は、海外の映画スターなんか、多いんだよ」

シリアスになり過ぎないのは、勝成のいいところだ。けれど、今この状況で気軽に養子などという言葉を口にされると、複雑な気持ちになる。勝成は、かまわず続けた。

「血がつながってるばかりが家族じゃないってことだよ。かあさんと重美だって、別に血がつながってるわけじゃないし」

「だから、その血をつなげていくために子供をつくるんじゃないの」

町子はとうとう涙声になった。重美は、ほとんど手をつけていなかった自分の皿に箸を伸ばした。とにかく、栄養をつけとかなきゃ。まだ結論も結果も出てないのに、とっさにそんなことを思った。

「いいわ。その体外受精ってやつをおやんなさい。費用はわたくしのへそくりで出してあげます。あなたたちのために大金を使うのも、きっと最後でしょうから」

「かあさん、へそくりなんてしてたんだ」

「そうよ。でも、本当に一度きりよ」

筑前煮はすっかり乾《かわ》いてしまっていた。

町子は、まだ食事が終わっていないのに、自分の部屋に入った。刺激が強すぎて、まいってしまったようだ。お茶を入れて持っていこうか、などと思案していると、茶封筒を手にして、戻ってきた。少し厚みのあるそれを渡され、重美はわけもわからないまま、開けた。

安産祈願のお守りだった。水天宮のものである。町子は、姿勢を正していった。

「いつか、その時が来たら渡そうと思ってたんだけど。もう、いいわ。あなたが持っててちょうだい」

「お義母さん……」

重美は、一人で背負っている気になっていたことを恥じた。

「もしかしたら、私がずっと持ってたから、良くなかったのかもしれないわ。ごめんなさいね。体外受精っていうのに、効くのかは知らないけど、念のために」

重美は小さな声で礼をいい、お守りを両手で握りしめた。

「かあさん、気が早過ぎるだろ」

さっきと同じ気軽な口調で、勝成がいった。


覚悟をしていたものの、体外受精はさまざまな苦痛があった。肉体的な痛みはもちろん、精神的にもダメージを受ける経験だった。

大きな部屋にずらりと診察用のベッドが並べられている。横たわっているのは、全員、妊娠を切望している女たちだ。若い女はあまり見かけなかった。互いにカーテンで仕切られてはいるものの、こんないい方をしたら病院にはもうしわけないが、ひとまとめにして放り出されている、という感じだった。

別の場所で精子と結合され、培養された受精卵を子宮に入れてから数時間は、横になったままでいなければならない。食事もトイレも寝たままだ。ペットボトルの日本茶を飲みながら、ベッドの上で渡されたおにぎりを食べた。尿道には管を入れられた。

管に小水を出しながら、こうしているあいだにも、果たして、この子宮では「着床」が行われているのだろうか、と不安になった。

横になったまま、いろいろなことを考えた。考え事以外にすることがなかった。

「子供を産むと、子供を通して、人生をはじめからもう一度生きられる気がするのよ」

母の言葉を思い出した。いずれは老いていく自分の後を、きっと子供が歩いていってくれるのだろう。それはすばらしいことだ。でも、もう一度生きられなくても、自分の人生をひとつ生きられれば、それでじゅうぶんではないかと、今は思うしかない。

子供を持つ者が持たない者につい抱いてしまう優越感は、きっと、持たない者はバトンを渡す相手がみつからず、その場で所在なく足踏みしているように見えるからだろう。

――自分の中に、新しい命が誕生しているのかもしれない。けれど、そうでなければ……、もう、あきらめよう。きっぱりと。もし、だめでも、それは自分たち夫婦にとって、新しい一歩なのだ。

同じことを繰り返し繰り返し考えているあいだに、この大きな部屋で、どれだけの命が誕生しているのだろうか。

長い四時間だった。何十時間にも感じられた。

二週間後に聞かされた結果は、人工授精と同じ。着床はしなかった。

落胆もあったけれど、不思議なことに安堵《あんど》もあった。これでやっと、出産というプレッシャーから解放される。もう、街角で「産婦人科」という文字を見て、ぎくりとしなくていいのだ。

解放感と絶望が押し寄せてきた。重美は、声をあげて泣いた。それを見て、勝成も、そっと目頭を押さえた。

涙も鼻水もぐちゃぐちゃになって、顔を濡《ぬ》らしている。こんなみっともない姿を見せられるのは、結局、実家の母と勝成だけだ。今までのわだかまりや、ささいな行き違いも、涙や鼻水と一緒に流れていった。自分たちは、やっと夫婦になれた気がする。

これからも、もしかすると、「みっちゃん」のような存在が現れるかもしれない。その時は、きちんと戦おう。嫌味をいうだけではなく、勝成を取り戻すためなら、どんなことでもするつもりだ。

ひとしきり泣いてから、まず、重美の実家に電話を入れた。母は、小さな声で、そう、残念だったわね、といい、数秒の沈黙の後、つけ加えた。

「気を落としちゃだめよ」

ありきたりななぐさめが、心にしみた。

その後、勝成が町子に電話をした。

「かあさん、やっぱ、だめだったよ。まあ、子供だけが人生じゃないしって、おれは思ってるから。佐久間呉服店も、おれたち家族だけのものじゃないだろ。重美の体調が戻ったらさ、三人でどこか食事に行こう。なっ。え？　ああ、うん。大丈夫、出られるよ」

勝成が、重美に向かって受話器を差し出した。

「お義母さん、ほんとにすみません」

「あやまるのはおよしなさい。あなたのせいじゃないんだから」

「……。ご用立てしていただいたお金は、なるべく早くお返ししますから」

「いいのよ。あのお金はね、ほんとは、孫のお受験代と思って貯めといたものなんだから。勝成にいっちゃだめよ」

重美の目から、また涙が溢《あふ》れ出した。

第五話　温かい水

あの日と同じように晴天だった。

海と空の境界線がはっきりとしている。境界線は手を伸ばせば届きそうな気がするが、目をこらしてみると、遥《はる》か彼方《かなた》にあることがわかった。まるで、あの子のようだ。

佐和子《さわこ》は、夫の孝昭《たかあき》と一緒に、鎌倉《かまくら》の海にいた。頬に当たる風の冷たさが心地よい。そろそろコートを出したほうがいい季節だ。

潮の香りが佐和子を包む。一年前はこんな日がくるなんて想像もつかなかった。自分が生きている限り、一生後悔と懺悔《ざんげ》に押しつぶされそうになりながら生きていくものだと思っていた。

右手には江《え》ノ島《しま》が、左手には稲村《いなむら》ケ崎《さき》公園が見える。海にはサーファーが四、五人、浮かんでいた。

時々、海がめくれて波がたつ。それを見ても、自分の心は波立たない。おだやかな気持ちで海を眺めることができる。波打ち際を大型犬が走っている。飼い主らしき中年の女が引っ張られるように後に続いた。他に人はいなかった。

波の音を聞いていると心音を思い出し、海面を眺めていると温かい水を思い出した。死ぬよりつらかったけれど、今自分はこうして生きている。しっかりと自分の足で立ち、前を見ている。やっと、あの子に会いにくることができるようになった。思っていたより、自分は強いのかもしれない。

佐和子は、そっと自分のお腹に手をあてた。まだ平らだけれど、ここには新しい命が存在している。海にいる我が子に向かって、もうすぐあなたはお姉ちゃんになるのよ、とつぶやいた。誇らしい気分だった。

つらかった出来事をひとつずつていねいに記憶から取り出してみる。

佐和子の携帯電話はあまり鳴らない。メールが着信を知らせるのは、たいてい夫からの事務的な連絡だ。

四年前、結婚と同時に引っ越してきたこの街に、親しいつきあいの人はいなかった。マンションの隣の部屋は小さな子供二人を含む四人家族で、いつもあわただしく、すれ違ってもやっと挨拶《あいさつ》を交わすぐらいだ。もう一方の隣に住む女性は一人暮らしのようだが、ほとんど見かけない。どうやら水商売の人らしい。

「知人」と「友人」のあいだに、これほど距離があるとは思わなかった。若い頃は、作ろうと意識しなくても友達はいくらでもできたのに、三十を過ぎてから、人とどうやって友人関係を築くのか、すっかり忘れてしまった。

専門学校時代の友達である奈美《なみ》から、久しぶりに電話があった。たまっていた近況報告をして、その後はささいな愚痴《ぐち》のいい合いになった。携帯電話の電池が切れるまでしゃべった。あわてて充電器につないでかけ直すと、久しぶりに会おうと奈美がいった。主婦だってたまには贅沢《ぜいたく》したっていいわよね、と盛り上がり、三日後にちょっと良い店でランチをする約束をした。

約束の日の朝、佐和子は、普段は結わえている髪を後ろに流すようにブロウして、ヘアオイルをつけた。それから三十分もかけて化粧をした。きっちりアイライナーを引き、チークをのせた顔は、悪くはなかった。いつもの疲れた主婦とは違う自分が、鏡の中にいた。

テレビの料理番組でよく見かけるシェフのフランス料理店に行った。奈美が予約をしてくれ、二千五百円のランチコースを食べた。元の食材がわからないほど凝《こ》った料理は、おいしいような気もするが、正直よくわからなかった。その店には二時間もいたが、それでも話し足りなくて、近くのスターバックスでカフェラテを飲みながらおしゃべりをした。

片方が自分のことを話している時、もう片方は聞き役に徹して、話が一段落すると役回りを交代する。カラオケみたいだった。

「うちなんてさあ、もう一年ぐらい何にもないんだよぉ」

奈美が笑いながらいっても、佐和子はすぐには意味がわからなかった。あいまいな笑顔でごまかした。

「だからさ、夜のほう。あれよ、あれ」

「なんだあ、そんなことか。もう、やあねえ」

佐和子がいうと、奈美は一瞬だけ泣き出しそうに顔をゆがめてから、いった。

「そうだよね、そんなことなんだよね、そんなこと……」

やっと帰路につき、最寄りの駅に下りたった頃には、もう夕暮れが始まっていた。駅前のスーパーに入り、迷ったけれど、総菜《そうざい》を二種類買った。他には、豆腐、ミョウガ、大葉《おおば》。

二割引になっていた海老《えび》と大豆のマヨネーズサラダを皿に盛りつけ、オリーブオイルをたらした。茄子《なす》の肉味噌炒《いた》めには刻んだ大葉とミョウガをちらす。自分で作ったように見せる工夫だった。総菜のパックはレジ袋で二重にくるんでゴミ箱に捨てた。最近はどこのスーパーでも総菜の種類は豊富だし、選べば味だって悪くない。夕方になると割引もあるから、二人分を作るより安くあがる。うまく利用すれば家計の助けにもなるのに、孝昭はそれを嫌った。ただの手抜きに見えるらしい。

食卓には、買ってきた総菜二品と、豆腐のみそ汁、作り置きのきんぴらごぼうが並んだ。きんぴらごぼうとか肉じゃがといった定番ものの総菜はばれやすいので、避ける。総菜コーナーのものを混ぜるのにも、多少の知恵が必要だ。

孝昭は、会社を出る前に必ずメールをよこす。

——今から帰る。

その一言だけ。佐和子を気づかっているのではなく、冷えたビールと温かい食事がタイミングよく出てくるよう、仕向けるためだ。

今日は、孝昭の帰宅まであまり時間がなかったので、化粧をしたまま作業をした。仕度を終え、顔を洗おうと洗面所にいったが、鏡を見ているうちに、なんとなく惜しくなった。鼻の頭の辺りのファンデーションがはげかかっている。コンパクトを取り出し、顔全体を押さえた。ついでにマスカラも塗り直し、髪をとめていたクリップをはずした。

色とりどりの料理が並ぶ食卓を見て、孝昭は素直に喜んだ。大葉とミョウガを刻んでのせただけの茄子の肉味噌炒めを、うまい、うまい、といってあっという間に平らげた。佐和子も箸《はし》をつけたが、少し甘過ぎる気がした。マスカラをたっぷり塗ったまつ毛が重い。

「ねえ、今日の私、ちょっと違うと思わない？」

「え？　何が？」

「だからぁ、私が」

「別に……」

孝昭はめんどうくさそうにいって、視線を落とした。

孝昭は、運送会社の営業マンだ。それほど大きな会社ではないが、孝昭いわく、自分の手腕で隣町に支店を出すまでになった。社長には気にいられている。佐和子も連れ立って、社長夫婦と食事をすることも、時々あった。

彼は高校時代、地元では有名な野球の選手だった。甲子園にも出た。野球で身を立てる道も考えたというが、悩み抜いた末、野球部の先輩の一族が経営する運送会社に、高校卒業と同時に入社した。

佐和子は、そこで事務のバイトをしていた。専門学校を出て就職した不動産会社が倒産し、その次に勤めた保険会社は一年でリストラされた。なんとかもぐりこんだのが、孝昭のいる運送会社だ。三十歳目前だった。

孝昭は、野球部では主将も務めていただけあり、人をまとめるのがうまく、行動力があった。佐和子だけでなく、誰のことでも面倒見が良かった。

忘年会の帰り、たまたま帰る方角が一緒だったのでなんとなく二人で飲み直し、そのままホテルに行った。それがきっかけだった。よくある、酔った勢いってやつ。それまでは佐和子に気があるようにはみじんも思えなかったが、孝昭はきちんと交際を始めた。一年後に結婚した。会社の人気者で社長に目をかけられていた孝昭が、若くも美しくもない佐和子を選んだことを、あいつはハメられた、などと陰口を叩《たた》く人もいた。

もちろん、愛情はある。けれど、自分は孝昭に「もらってもらった」という意識が、いつも心の片隅にこびりついている。主婦として雇われた、といったらいい過ぎだろうか。リストラされた直後を思えば、出来過ぎなぐらいの生活だ。

晴れてはいない、けれど、雨が降っているのでもない毎日。不満があるわけではなかった。もう求人情報誌を読みあさらなくてもいいし、占いの恋愛運に一喜一憂する必要もない。安定とはこういうことだ。でも……。

つきあっている頃は、今日はきれいだとか服が似合っているとか、ぎこちないながらも、会う度にほめてくれた。風邪をひいただけで大げさに心配してくれたりもした。けれど、一緒に生活をするようになると、心配どころか、平然と、風邪をおれにうつさないでくれよ、今忙しい時期なんだからさ、などというようになった。

買ってきた総菜を食卓に並べるのは、小さな復讐だった。

夕食が終わると、孝昭は風呂に入った。佐和子は洗い物をする。スポンジを規則的に動かしながら、手にした皿を床に叩き付けてやりたい衝動にかられた。孝昭の態度に腹が立っているわけではない。いつものことだ。

延々と続く日常を壊してみたかった。その先に何があるのか、いや、何も無いのか、それを知りたかった。

その夜は二人とも、十一時前にベッドに入った。

佐和子は寝付きがいいほうではない。目をつぶって何度も寝返りを打ち、ようやくとろとろと意識がゆるんでいった。そんなところに、孝昭の手が伸びてきた。パジャマ代わりにしているロンTの中に手を入れ、佐和子の乳房をつかんだ。

せっかく眠れそうだったのに……。

心の中で軽く舌打ちをする。でも、断れない。夫婦だから。

夫の手はいつもと同じように左右の乳房をもみ、その後はいつもと同じようにショーツの中をまさぐった。佐和子も前回とほとんど変わらない声をあげる。眠気も手伝って、どこまでが演技なのか、どこまでが自然な反応なのか、自分でもわからなかった。

孝昭は、佐和子の身体をかまいながら器用にパジャマとパンツを脱いだ。首を少し傾け、佐和子も裸になれという合図を出した。二人にしかわからない、言葉のないやりとり。命令とも懇願《こんがん》とも違う意思表示だった。

少々しらけた心とは違い、どうやら身体はそれなりの反応をしているらしく、それを確かめた孝昭はすぐに入ってきた。暗い部屋の中で夫の身体がリズミカルに動く。これも私の仕事、そんなふうに思った。

声とため息をもらす度に何かがすり減っていく気がする。こんなに密接につながりながら、自分の夫が遠い存在に思えてしかたがなかった。

終わると孝昭はすぐにいびきをかき始めたが、佐和子はなかなか寝付けなかった。

自分たち夫婦はセックスレスだと打ち明けた時の奈美の、泣き笑いのような笑顔を思

ないことだ。い出す。どちらの夫婦が幸福か、どちらのほうが悲しい状態なのか、比べても仕方の

季節がひとつ過ぎていった。

この一週間、体調が悪い。酒を飲んでもいないのに、軽い二日酔いのような状態が続いている。胸がむかむかして、全身がだるい。初期の風邪なら、今夜はうつさないようにソファに寝なければならない。いつの間にかできあがった二人の生活のルールだった。

だるい身体をひきずって、駅前のスーパーに行った。五周年の記念セールとかで、ステーキ肉の特売をしていた。百グラム五百五十円。迷わず、それに手を伸ばし、四枚買った。今日はそのままステーキにして、明日は細かく切って野菜炒めにでもすればいい。

スポーツ選手だった孝昭は、とにかく肉が好きだ。大きな肉片ににんにく醬油《しょうゆ》をたっぷりとつけて口の中に放り込み、飲み込むように食べた。肉を焼いただけとはいえ、作ったものをおいしそうに食べてもらうと、ささやかな達成感がある。その喜びはほんの一瞬で消えてしまうのだけれども。

佐和子も肉片をにんにく醬油にひたして口にもっていった。突然、いいようのないむかつきがおそってきた。香ばしいはずの肉の匂いが、いやがらせのようだ。箸を置いて、むかむかする胸を押さえた。

その時、あ、できたんだ、と気がついた。孝昭は、佐和子の異変に気がつかず、嬉々として肉を食べ続けている。

「私の分も、食べていいよ」

自分の皿を押しやった。

妊娠に強い確信があった。具体的な理由があるわけではない。女としてのカンだ。明日、病院にいって、はっきりしてから孝昭に伝えよう、その前に実家の母だな、などと連絡の順番を考えた。ステーキは食べられなかったけれど、いつも通りに夕食をすませた。胸のむかつきとは裏腹に、やけに冷静な自分が不思議だった。

翌日の夕食もステーキにした。孝昭が喜ぶだろうし、何しろ今日はお祝いの日である。分厚い肉をわざわざ野菜炒めにすることもなかった。

「やっほー。今日もステーキなんて、どうしちゃったんだ、我が家は。何かあったのかよ?」

「うん。あった」

「え？　何が？」

「ビッグニュース。落ち着いて聞いてくれる？」

「はあ……」

「赤ちゃん、できたの。三ヵ月目に入ってるって」

孝昭は椅子《いす》から立ち上がってガッツポーズをした。うぉーっといいながら、両手の拳を頭の上の辺りで、何度もふった。とまどうかもしれないと思っていたが、ステーキを食べるのも忘れて喜んだ。

その様子を見ていたら、じんわりと涙が出てきた。やっと、本当の夫婦になった気がした。

「何、泣いてんだよ」

そういいながら、孝昭の目も真っ赤になっている。二人は、泣きながら抱き合った。孝昭の涙が佐和子の頬を濡《ぬ》らした。考えてみれば、孝昭が泣くのを見たのははじめてだ。それを告げると、ぶっきらぼうにいった。

「嬉《うれ》し涙は泣いたうちに入んないの」

たくさんの祝福の言葉をもらった。双方の母や父はもちろん、佐和子の弟夫婦や孝昭の妹、孝昭の会社の同僚や上司、学生時代の友人……。佐和子が連絡をしなくても、誰かが誰かに話して、何年ぶりかで電話やメールがくる場合も少なくなかった。

今まで、自分は世間から取り残されている気がしていた。孝昭を通してしか、世の中と係わっていないことに、引け目があった。それは間違いだった。自分たち家族のことを、こんなにいろいろな人が気にとめているとは思わなかった。

ためらいもあったが、奈美には自分から電話をした。妊娠という言葉を聞いて、一瞬だけ間があったが、明るくお祝いをいってくれた。

「そんじゃあ、私の時は佐和子にいろいろと聞けるね。先輩、よろしくぅ。あ、なんだったら、服とかベビーベッドとか、そのまま取っといてよ。お下がり、もらうからさ」

「じゃあ、早めに子供作ってね。うち、狭いから置いとくとこないもん」

言葉が口をついて出ると同時に、しまった、と思った。奈美は暗い声で答えた。

「あ、そうだね……。図々しいこといってごめん」

電話を切った後ははしゃぎ過ぎを反省したが、すぐに嬉しさがこみあげてくる。出産という大きな目的ができると、日常のささいなことすべてに意味があるように思えた。

食べ物には、以前では考えられないほど気を使うようになった。自分の口から入るものがそのまま赤ちゃんの血肉になるのだ。食材の生産地に敏感になり、水も決まった銘柄のものだけを飲むようにした。できあいの総菜を買うこともなくなった。めったにない外食の機会には、調理場を調べにいきたくなるほどだった。

今まで大した関心もなかった環境問題が気になり出した。我が子が産まれて育ち、大人になった頃、地球にがたがきているようでは困る。街を歩いていて、ゴミ箱からゴミがあふれていると、あせった気持ちになった。

地球の未来は我が子の未来なのだ。……などと頭の中でつぶやいてから、「地球」規模でものを考えている自分がちょっとおかしくて、ふと笑ってしまう。誇らしくもあった。母にもらすと、苦笑された。

「そんなことより、あなた、体重の増え過ぎに気をつけなさいよ」

けれど、孝昭は、笑ったりせずに受け止めてくれた。佐和子のいっていることも一理あるかもな、といった。

「とにかく心配することそのものが母体には良くないんだって。とりあえず、おれ、マイ箸を持ち歩くようにするわ。できることからやっとけば、多少の気休めにはなるだろ」

次の日、三人分のマイ箸袋を買ってきた。紺色、赤、ピンク。

「なんで三人分なの？」

「三つ目は生まれてくる子の分。箸を持てるようになったら、使わせようと思って」

「そうね。何歳になったら使えるのかな」

佐和子は感激して、思わず孝昭に抱きついた。

本屋の袋を重そうに下げて帰ってきた日もあった。出産に関してのハウトゥー本はまだしも、『強運に導く女の子の名付け辞典』と『幸せになる男の子の名前例１００１』を両方買ってきたのには驚いた。

「ちょっと気が早くない？」

「会社のやつの経験談、聞いたんだよ。一年前に子供が生まれてさ、いろいろ候補はあったけど、まあ赤ちゃんの顔を見てから決めればいいやって、のん気にかまえてたんだって。そしたらさあ、いざ産まれるとばたばたで、なかなか名前を決める余裕がなくて、結局、ばあちゃんが勝手につけちゃったらしいよ。そんなの嫌だろ？」

「まあねえ。でも、なんで女の子が〝強運に導く〟で、男の子が〝幸せになる〟なの？」

「あ、ほんとだ。赤ちゃんコーナーにいったら、たくさん本があって迷っちゃってさ。ぴんときたものを手にとっただけなんだよな。もし、女の子だったらやっぱり運がものをいうって思ったのかな？　『グローバル名付け』っていうのもあったから、今度それも買ってくるよ」

「強運ねえ……。まあ、私も運が強かったのかも」

「運？　なんの運？」

「だって、孝昭と結婚できたんだもん」

こんなことがすぐ口をついて出るようになったのは、孝昭がやさしくなったからだ。

『妊娠と出産を楽しもう！』という本では、妊娠中のセックスの体位まで指導されていた。妊娠初期、中期、後期では少しずつ適した体位が違う。してはいけない体位だけでなく、クッションや枕を使う工夫も図入りで解説してあった。

それに従い、佐和子がベッドにつかまる形で愛し合った。孝昭は、途中で何度も「苦しくない？」と聞いてきた。大切にされている、という実感があった。そして、自分も大切にしなければ、と強く思った。夫とお腹の子を。この家庭を。

孝昭は、朝は必ず、佐和子のお腹に耳をあててから会社にいった。

「この中にいるんだな、おれの遺伝子は。おーい、ちゃんとやってるかぁ」

とか、

「こうやって、佐和子のお腹の中で生きてんだなあ、おれたちの子」

とか、一言残していく。

毎日似たような言葉だけれど、でも、少しずつ違っていた。

「佐和子のお腹、昨日より大きくなっているから、この二十四時間でかなり育ったな」

「赤ちゃんのパワーってすごいねえ。前は私の変化なんて、なーんにも気がつかなかったくせに」

「んなことは……、ないよ……」

今となっては、自分はなおざりにされているとふてくされていた日々もちょっとした過去となった。あの時確かめられなかったことも、気軽に言葉にできる。

「んなこと、あるでしょう。何ヵ月かぶりに化粧しても、別にぃ、だったもんねえ」

「ああ、渋谷にランチいくとかいってた日のことでしょ。違うよ。なんかさ、照れくさかったんだよ。そういうこと、男がいちいち気がついてんの、ダサいだろ」

「なんだ、そうだったの?」

佐和子は笑い出してしまった。

自分がじとじとと抱えていたものが、こんなに小さかったなんて。

検診日の夜は必ず、病院での出来事を詳しく話した。孝昭は楽しそうにそれを聞いてくれる。超音波の機械で心音を聴いたことを告げると、口をあけて驚き、そしていった。

「いいなあ。おれも聴いてみたいなぁ、心音。命が発する音だよね」

「じゃあ、検診に一緒にいかない？　そしたら、孝昭も心音、聴けるよ」

「えっ。ほんと？　でもなあ、産婦人科に男がいくのはちょっとまずいだろ。浮いちゃわない？」

「そんなことないよ。夫婦できてる人、多いよ。今日も三人、男の人見かけたもん」

「へえ。知らなかった。じゃあ、休暇の申請してみるよ。たまには有休使ってみるか」

「うん。この子の生きてる音、一緒に聴こうよ。どんな音楽もかなわないぐらい、きれいな音なんだから」

佐和子は、今時、ｉＰｏｄ《アイポッド》も持っていなかった。音楽という娯楽からは遠くにいるくせに、そんなことをいった。

翌月の第二木曜日に、孝昭は有休がとれることになった。カレンダーの数字を赤く囲み、楽しみにしていた。その日までちょうど三週間という夜、切り出してきた。

「おれたちの子供の名前なんだけどさあ……」

孝昭は、必ず子供の前に〝おれたちの〟とつける。

「もし、女の子だったら、美しい音の子って書いて、美音子《みねこ》にしない？」

「美音子……、美音子かあ。美音子、美音子」

佐和子も口に出して、繰り返してみる。

「このあいだ、佐和子が赤ちゃんの心音のこと、どんな音楽もかなわないぐらいきれいな音っていってたじゃん。想像してみたんだよね、どんな音かなって。そうしてるうちに、この名前が思い浮かんだんだけど」

「いいかも。美人っぽい名前だもんね。それ、強運に導いてくれる名前なの？」

「や、わかんない。本見て決めたわけじゃないから」

「ま、強運じゃなくても、いっか。普通に生まれて普通に育ってくれれば」

「だな」

「まあ、女の子かどうか、まだわかんないけどね」

「うん。男の名前も考えておかなきゃなあ」

楽しみにしていた有休だったが、ちょっとしたトラブルがあり、結局、三日前に延期となった。佐和子はいつも通り、一人で検診に行くことになった。

「まあ、専務も部長も、来月には必ずとらせるっていってたから、楽しみが先延ばしになったって思うようにするよ」

孝昭は明るくいった。

六ヵ月目に入っていた。佐和子のお腹は丸く突き出し、寝返りも打てないぐらいだった。赤ちゃんがお腹を蹴飛《けと》ばす、とかいうけれど、まだ、そこまで強い感覚はなかった。くすぐったい、ぐらいだ。美音子はおしとやかな子なのかもしれない、と早くも親ばかぶりを発揮していた。

三、四日ほど、そんなこそばゆさが感じられないまま、検診日がやってきた。県下でも二番目に大きな産婦人科の病院へは、バスとJRを乗りついで通っている。最近は、バスや電車に乗るとすぐに席をゆずってもらえるようになった。いつものバス。隣には、小柄なおばあさんが座った。カーブで佐和子がバッグを落としてしまうと、おばあさんがよろよろと腰を曲げ、拾ってくれた。

「ありがとうございます」

「いいえ、どういたしまして」

ゆるやかな午後の日差しが差し込むバスの中で、なんとなく雑談になった。おばあさんは赤ちゃんについて聞きたがった。

「最近は、あなたぐらいだと男のお子さんか女のお子さんか、わかるんでしょう」

「みたいですね。私はまだ知らないんですけど、なんとなく、おとなしい女の子じゃないかなって気がします」

「まあ、お母さん似なのかしら」

おばあさんはそういって、小さく笑った。

お腹をさすりながら、いい？　今日は先生にあなたが女の子か男の子か教えてもらう日だからね、と心の中で話しかけた。

病院はめずらしく空いていて、ほとんど待たずに診察の順番になった。ラッキー、これはきっと、望み通り女の子に違いない、と思った。医師は佐和子のお腹に、超音波の機械をあてながらいった。

「ああ、ずいぶん成長しましたね。ここが頭、で、これが目です。で……、ここに心臓が、あれ？　心臓があるはずなんだけど、なんだぁ？」

急に表情を硬くした。ベテランらしい頼りがいのある中年の男性で、初産《ういざん》の佐和子を明るくはげましてくれていた。彼は、今までこんなに深刻な顔は見せたことがない。

眉間《みけん》に深いシワを寄せながら、いった。

「おかしいなあ、心音が聞こえないですね」

「は？　どういう意味ですか」

「うーん」

はっきり答えずに、モニター画面をにらんだ。何か良くないことがおこっているのだ。膝ががくがくしてきた。次の先生の言葉まで、きっと数分だったのだろうけれど、佐和子にはとても長く感じられた。ものすごい勢いで唇が乾《かわ》いていくのがわかった。

「お母さん、落ち着いてください。ご主人に連絡をとれますか」

周囲にいた看護師たちの楽しげな声が消え、皆がいっせいに佐和子をみた。黙っていると、先生が続けた。

「残念ですが……、胎内で亡くなってますね。もしかすると、一週間近くたっているかもしれません。早急に出してあげないと、母体が危険です」

それから後のことは、きちんと覚えていなかった。いくつかの場面が怖いほど鮮明に記憶に残っているが、どれとどれがつながっているのか、よくわからない。叫ぶように泣いたかもしれないが、声が出なかった気もする。先生の言葉が現実のこととして受け入れられなかった。さっきもバスの中で話しかけたばかりなのに。この子が死んでいるなんて、そんなことあり得ない……。

入院と死産の説明を受けた。何もかもが理解できなかった。遺体となった我が子を産まなければならない、という事実だけが佐和子の心に突き刺さった。

診察台で足を広げ、子宮口を広げる処置を受けた。処置に当たったのは、若い男の医師だった。見放された気分になる。それまで診てくれたのはそれなりの地位にいる人だろうから、きっと死産なんかに係わらないのだ。若い医師は何をするにもとまどって、いらだちを隠そうともしなかった。こんなことに係わると、縁起が悪いとでもいいたいのだろうかと、佐和子は思った。看護師がなるべく自分と目を合わせないようにしている気がした。処置の最中、何度もこれは何かの間違いではないのかと思った。看護師に本当なのかと問いかけたはずだが、彼女が何と答えたのかどうしても思い出せない。

病室は四人部屋だった。佐和子よりもさらにお腹の大きい臨月《りんげつ》の妊婦が三人。彼女たちは、幸せにみちた顔をしている。雰囲気を壊さないよう涙を流さない努力をしたけれど、ベッドに横になりカーテンを閉めた途端、涙があふれて止まらなかった。無理矢理身体を丸め、お腹を抱えてみる。手のひらで自分の体温を感じると、この中にいる我が子はまだ生きているのではないかと思えてしまう。

少しすると、看護師がやってきて声をかけた。

「本当に残念でしたね。でも、きっと次がありますよ。その時、がんばりましょう」

幸福そうな周囲を気にしてか、小声だった。佐和子はまともに返事ができなかった。がんばるって、何を？　じゃあ、今まで私はがんばってこなかったってこと？　そんなふうに思った。

看護師がくれた「入院のしおり」には、たくさん黒い線が引いてあった。元々は普通に出産する人のためのものらしく、佐和子には必要のない準備が消されている。黒い線が自分自身を否定しているように見えた。

実家の母がかけつけ、細々としたものを揃えてくれた。母は淡々とした態度を通し、不用意になぐさめの言葉をかけたりもしなかった。実の母親でなかったら、こんな状況で何て冷たい人だろうと思うだろう。けれど、母から、少しだけ冷静さを分けてもらうことができた。我が子はもうこの世にいない。それが現実なのだ。

母とは対照的に、消灯時間ぎりぎりにかけつけた孝昭はうろたえていた。すでに泣いてきたらしく、目だけでなく鼻も真っ赤だった。この時の会話も、きちんと覚えていない。ただぼんやりと、赤くなった孝昭の目鼻を眺めていた気がする。

消灯時間がきて、母も孝昭も帰ってしまうと、再び悲しみの大きなうねりがやってきた。悲しみだけでなく、これから経験しなければならない死産への恐怖に襲われた。いろいろと説明されたが、事務的な言葉が素通りしていっただけで、何ひとつ頭に入っていなかった。

赤ちゃんは大声で泣き叫ぶほどのエネルギーを使って産まれてくる。死んでしまった赤ちゃんは、いったいどうやって私の身体から出てくるのだろう？　歯がかみあわなくなって、がたがたと音をたてた。小刻みなその音が、さらに恐怖をあおった。

本当は、もう何も考えたくなかった。感じたくもなかった。深く深く眠ってしまいたい。けれど、眠りかけると、夢ともいえないようなものに起こされてしまった。

黒くにごった海のような場所にいる。海なのか湖なのかよくわからない。荒れていたから、きっと海なのだろう。誰かがおぼれそうになって、もがいている。自分なのか我が子なのか、それもわからなかった。助けたい、助かりたい、そう思った次の瞬間、目が覚めていた。病室の暗闇に包まれ、悲しくて怖かった。悲しさがあまりに大きいと恐怖になるのだろう。

誰かにそばにいて欲しかった。話をしなくていい、手を握ったりしなくてもいい、誰かに自分の存在を確認してもらいたい。そう思い続けて、朝が来た。

午後からは、孝昭が付き添ってくれた。言葉のやりとりは少なかった。何か話そうとすると、泣きそうになる。

「入院のしおり」を渡した看護師がやってきて、あれこれと世話をやいてくれた。

「なかなか前向きな気持ちになれないと思うけど、元気にならなきゃ。そんなにめずらしいことじゃないですよ。絶対に次がありますって。私、その時まで、待ってますからね」

佐和子は、めずらしいことじゃないなら、死産専用のしおりを作ればいいのに、と思った。それを口に出すのもめんどうくさかった。

昨日とは別の処置を受けた。処置の最中、破水した。

温かい水が自分の身体から頼りなく溢《あふ》れ出てきて、脚《あし》を濡らした。我が子を包み込んでいた水の温もりを、必死に記憶した。それは、はっきりと生命を訴えている温度だった。こんなに温かいのに、本当に死んでしまったのだろうか。信じられないし、不思議だった。強がりでも希望でもなく、素直にそう感じた。

夜、陣痛が始まった。強烈なお腹の張りが、正常なのか異常なのか、初産の佐和子にはわからない。ナースコールを押していいものかどうか、迷った。どうせ病院にとって自分は厄介者なのだ、とつい思ってしまう。

定期的にやってくる強い痛みの間隔がどんどん短くなっていった。天井が歪《ゆが》んで見えた。痛みで苦しみながら、これは赤ちゃんが「私は生きてるよ！　まだ、お母さんから出る準備ができていないだけだよ！　間違えないで！」と叫んでいる気がした。こんなに痛いのだから、きっと生きているはずだ。

出血があって、パジャマもベッドも汚してしまった。遠慮している余裕もなくなり、ナースコールを押した。昼間とは違う看護師が来たが、話しているあいだに痛みは収まった。

そんなことを繰り返し、朝になった。午前十時半頃、分娩室《ぶんべん》に入る。運ばれていく途中、別の分娩室から元気のいい産声が聞こえてきた。今自分がここにいることをせいいっぱい知らせるすがすがしい泣き声は、佐和子の心の奥を殴った。自分の耳を切り落としたいと思った。若い医師は相変わらず不機嫌で手際が悪かった。陣痛促進剤の点滴を受けた。それから後の記憶もまた、途切れ途切れだった。

とにかく痛かった。身体を引き裂かれるような痛み。呼吸もままならなかった。

「出たよ、出た！」

若い医師がいった。耳を疑った。

――出たんじゃない、産まれたのだ。私が産んだんだ。

午後零時五分、我が子は遺体としてこの世に現れた。産声はなかった。女の子だった。美音子という名をつけておいて良かった、と佐和子は思った。看護師の一人が、おつかれさまでした、とひと言いって、他の看護師は皆、黙々と作業をしていた。美音子はもののように銀色のトレイにのせられて、どこかに消えていった。音がしそうなぐらい胸が痛くなった。

ベッドに戻ると、一気に疲れが出て、うとうとした。目が覚めると孝昭が死産証明書に記入をしていた。

「あのさあ……、お前、そのぉ、どうする？」

「どうするって、何が？」

「うーん。会いたいよな、やっぱり」

孝昭はさっき美音子と対面をしてきたという。きれいな赤ちゃんだったよ、といった。病院側からは、お母さんに会わせるのはよく考えて判断をしたほうがいいとアドバイスを受けたらしい。我が子に会いたくない母親なんているのだろうか。はらわたが煮えくり返った。

孝昭がいった。

「冷たくなった赤ちゃんと対面するとショックで気を失っちゃうお母さんもいるんだって。お前、だいじょうぶか？」

「だいじょうぶも何もないよっ。失神したって美音子に会いたい。六ヵ月間、一緒に生きてきたんだから」

つい声を荒らげそうになった。

麻酔《ますい》が残っていてふらふらだったので、「入院のしおり」をくれた看護師に車椅子を押してもらい、美音子のところまでいった。

銀色のトレイにのせられたままだった。

孝昭のいった通りきれいな女の子だった。自分が産んだなんて上出来だ、と思った。切れ長の目は父親似で、唇《くちびる》の形は自分に似ている。父親に似ているところと母親に似ているところを数えた。父親に似ているところのほうが二つ多かった。抱っこしてみると、ひやっとするほど冷たかった。小さな手のひらはかたく結ばれていた。途中で生きることを止められてしまい、どんなに無念だっただろう。涙があふれて止まらなかった。産まれるということと、死ぬということを一度に経験しなければならないなんて。

――ごめんね。本当にごめんね。ママがしっかりしていなかったから、美音子をこんな目にあわせてしまって。何をしても許してもらえないね。

自分が情けなくてしかたがなかった。

「気がすむまで泣いていいんですよ」

看護師が低い声でいった。どんなに泣いても気持ちが収まることはなかった。二十分ほどで病室に戻った。看護師は佐和子をベッドに寝かせて出て行った。廊下から、彼女がさっきとはまったく違う明るい声で、わあ、おめでとう、とか何とかいっているのが聞こえた。無事に出産を終えたお母さんへのねぎらいの言葉だった。その看護師に悪意があるわけではない。理屈ではわかっていても、一刻も早くここを出たかった。

孝昭はいろいろな手続きをてきぱきとこなした。そうすることで悲しみを紛らわしていたのだろう。病院側からは、なるべく早く火葬にするように遠回しにいわれ、業者を紹介されたという。新生児用の棺《ひつぎ》にもランクがあるらしく、できるだけのことはしてやろうな、と孝昭はいった。

孝昭の母も病院にやってきた。山のようになぐさめの言葉をくれたけれど、疲れきっていて半分眠っていた佐和子は、ろくに返事もできなかった。帰り際、孝昭にもらしているのが聞こえた。

「佐和子さん、三十過ぎで次はだいじょうぶなのかね……」

そうか、もう次はないのかもしれないのか。もうろうとする意識の中で考えた。でも、もういい、私の子は美音子だけだから、とも思った。落ち込む気力すら残っていなかった。遠くでまた、産声が聞こえた。

翌朝の朝食には赤飯が出た。佐和子は手をつけなかった。赤い米粒を見ていると、また涙があふれた。もう身体じゅうの水分を出し切ったと思うぐらい泣いたのに、まだ涙が残っていた。周囲の幸福ムードに耐えきれず、個室を希望したが、満室とのことだった。

夕方にかけて、発熱があった。三十八度四分。母が手製のリンゴジュースを作ってきてくれたが、二、三口しか飲むことができなかった。

美音子の火葬は翌日に決まった。佐和子の体調では、火葬場に行くのは無理といわれた。我が子の旅立ちをきちんと見届けることもできないのだ。

これは罰なのか。お腹の中の赤ちゃんから何かサインがあったはずなのに、母親である自分がそれを見逃してしまった、その罰。もし罰を受けて美音子が戻ってくるのなら、どんな罰でも受けたいと思った。

せめて今夜だけは添い寝をしたいと申し出たが、室温では無理と拒否された。自分が霊安室に寝ることはできないのか、問い合わせるように頼んだけれど、孝昭も母もあいまいに言葉を濁すだけだった。きっと自分は異常なことを欲しているのだろう。

棺は一番上等なやつにしたよ、と孝昭がいった。美音子の体重だと病院側が用意する紙の箱でもいいらしいが、新生児用の棺にしてもらったという。その日は精神安定剤と睡眠導入剤を処方された。妊娠中は、風邪薬もビタミン剤も一錠だって口に入れなかった。今となっては、どうでも良いことだけれど。

火葬当日、霊安室での納棺にはなんとか立ち会うことができた。

棺に収める前にもう一度、美音子を抱いた。白い産着《うぶぎ》を着た美音子はいっそう可愛らしく見える。目をつぶったままで、泣き声はない。冷たい赤ちゃんを抱きながら、佐和子は、あの温かい水の感触を思い出した。なんとか、あの温もりをこの子にあげることはできないのだろうか。頬ずりをして、まだほとんど毛が生えていない小さな頭にキスをした。少し気持ちが落ち着いた。永遠にこのままでいたかった。

孝昭が用意してくれた自分たち両親の写真、オルゴール、百合の花束を棺に収めた。孝昭がピンクの細長い袋を佐和子に手渡した。いつか使わせようといっていたマイ箸袋だ。中にはえんじ色の箸が入っていた。

「これも入れてやろうよ」

「うん」

かたく握りしめられたままの手のひらの辺りにそれを置いた。何も食べさせてあげられないまま、この世を去ってしまう。何か作って棺に入れてやれば良かった。

その日は、点滴を受けながら、一日中ベッドで過ごした。脱脂綿をもらい、耳につめた。病室じゅうで交わされる幸せに彩られた会話を、聞きたくなかった。

美音子の火葬の時刻、めまいとだるさを押して、車椅子でなんとか屋上に出た。火葬場の方角の空を眺め、煙らしきものをさがしたが、見つからなかった。空は雲ひとつなく晴れ渡っていた。空の青さまでもが自分を責めている気がする。空が青くても、何もいいことなんかないのだな、と悟った。

退院できたのは、死産の日からちょうど一週間後だった。母と孝昭に付き添われ、やっと我が家に帰ってきた。

居間には骨壺《こつつぼ》が置かれていた。

片手にすっぽりと収まるほどだった。小さかった美音子がさらに小さくなってしまった。母は骨壺を見て涙を流した。帰り際、佐和子の手をぎゅっと握ってくれた。しわだらけの手はとても温かかった。

冷蔵庫にはタッパーがたくさん入っていた。義母が作って持ってきてくれたという。クリームシチューや揚げ出し豆腐……、佐和子の好きな手羽先の煮物もあった。炊飯器ではグリンピースご飯が炊《た》かれ、鍋にはおじやの用意がしてあった。

この一週間、まともに食べていないことに、やっと気がついた。孝昭が慣れない手つきで鍋に卵を入れ、おじやを作ってくれた。ふらつく身体で、佐和子も準備を手伝った。なるべく、にぎやかな食卓にしたくて、たくさん皿を並べた。

食卓に骨壺を置いて、夕食をとった。おじやが塩辛い。孝昭が醬油を入れ過ぎたのか、涙のせいなのかわからなかった。口にものが入るのだから、体調は少しましになったのかもしれない。そう思うと、逆に美音子に申し訳ない気もするのだった。自分だけ元気になって。

体調も回復し、日常が戻ってくると、あれで正しかったのだろうかという思いが強くなった。

突然、胎内で亡くなっていると宣告され、何がなんだかわからないまま身体にいろいろなことをされ、結局我が子は灰になって、小さな壺の中に収まっている。

いったい、何がいけなかったんだろう。

しょっちゅうバスで揺られていたから？　駅前のファミリーレストランでグラタンを食べた時、良くないものが入っていたのかもしれない。あの値段であのボリュームは疑うべきだった。それとも、床の新聞を拾おうとしてこけた、あの時の衝撃かもしれない。

佐和子は何か原因をさがした。そうしないと、どうしても納得ができないのだった。先生や看護師たちは、運が悪かっただけ、お母さんのせいじゃない、と繰り返すけれど、簡単な言葉でいいくるめられている気がする。

奈美から電話があった。

「どう、少しは落ち着いた？」

「うん。まあね。でも、やっぱりまだまだ、自分を責めちゃう。もっと早く気がつけば、助かったんじゃないかって」

あふれ出てくる気持ちを奈美にぶつけた。当事者ではない分、遠慮なく話すことができる。奈美は、延々と続く否定的な言葉を辛抱強く聞いてくれた。

「佐和子は最後に美音子ちゃんと会えたんでしょう？　そこは感謝すべきだよ。実は、私のいとこも一度経験してるんだけどさ、彼女なんて昏睡《こんすい》状態になっちゃって、十日近く意識がなかったから、自分の赤ちゃんに会えずじまいだったんだよ。へその緒ももらわなかったから、自分の赤ちゃんには何ひとつ触れられなかったの」

「へその緒？　それ、死産でももらえるの？」

「うーん、きちんとしたことはわからないけど、病院によるんじゃない？　……佐和子ももらわなかったんだ」

「もらってない。そんなこと、誰も教えてくれなかった……」

ショックだった。生きて成長していく子供と違って、形になっているものがひとつもないのだ。せめて、そういう具体的なものが残されていれば、時々触って確かめることができるのに。

夜、孝昭に話すと、少し困った顔をして、おれから病院に問い合わせてみるよ、と一応な、といった。遺体を早めに火葬させたがるぐらいだから、残っていないことは予想できた。わかっていても、ひとつずつ意思表示をしていかないと、心が折れてしまいそうだった。

外出できるようになると、子供連れの母親に出くわすだけで胸が痛んだ。検診で病院に行くのは、もっと嫌だった。毎日いくつもの新しい命が誕生している場所に自分がいることを申し訳なく思ったり、どうして自分だけが、と腹立たしい気持ちになったりする。

佐和子の心には、説明のしようがない劣等感が張りついた。

バスの中で、いつかのおばあさんを見かけた時はとっさに下を向き、次の停留所で下りてしまった。子供のことを聞かれたら、と思うと心臓がどきどきと脈打った。よく見なかったから、もしかすると人違いかもしれないし、自分のことなんて覚えていないかもしれないのに。

ふいにオムツのＣＭが流れてくるのが怖くて、テレビをつけられなかった。孝昭がついリモコンに手をやり、画面いっぱいに子供の笑顔が映し出されたこともあった。あわてて切った。

「もう、気をつけてよ！　それとも、いやがらせ？　孝昭にはわかんないの？　私の気持ちが」

いいがかりだということはわかっている。でも、どうしてよいのか、わからなかった。孝昭は黙って、佐和子ののしりを聞いていた。

一番つらいのは、母乳が出てくることだ。死産とはいっても子供を産んだことには変わりがないので、身体はそれに反応する。定期的に乳房が張り、鈍い痛みがあった。そこに溜まっているものをしぼり出すのは、自分の心にナイフを当てることだった。

四十九日が近づいた頃、孝昭が、美音子を散骨《さんこつ》にしようと提案した。その言葉を聞いたとたん、佐和子は棚から骨壺をとり、胸に抱きしめた。

「何おかしなこといってるの？　美音子を海にばらまこうっていうの？　それでも父親？　この子は私のそばから絶対に離さないからね。お墓にだっていかせない」

いい終わってから、言葉になっていない声を出した。孝昭は佐和子の胸から骨壺を取り上げ、落ち着いた声でゆっくりと話し始めた。

「いいか。美音子は、この中で生きてるわけじゃないんだよ。つらいけど、おれたちは乗り越えなきゃいけない。忘れる必要はない。でも、どこかでふんぎりをつけて、次に進まなきゃだめだよ。最近のお前のこと見てて、何かふっきる機会があったほうがいいんじゃないかと思った。だから、いっそのこと、美音子を地球に返してやるのはどうかな。お前、地球の未来は子供の未来だっていってたじゃない」

胸がどきどきした。次に進むなんていわれると怖かった。このまま悲しみにおぼれていたほうがましだ。

「なあ、美音子ががっかりするよ。お母さんが自分のせいでそんなふうになったたって知ったら」

そういわれて、佐和子ははっとした。今まで、美音子に申し訳ないという気持ちしかなかった。母親として、これからどうしたら良いのか、考えたことなどなかった。せめて自分がきちんと生きることが、我が子への一番の供養になる。孝昭にいわれて、やっと、一歩踏み出す気になれた。

孝昭の会社のドライバーに紹介された業者に連れられ、クルーザーで相模湾《さがみ》の沖合に出た。孝昭と佐和子、佐和子の両親、それに義母と義父の六人。予報は雨だったので、ビニールの雨合羽《がっぱ》が人数分用意されていたが、火葬の日に負けないぐらいの晴天だった。冬のはじまりの空気は、ひんやりしていた。

二十キロほど沖に出たところでエンジンが止まると、聞こえるのは波の音とカモメの鳴声だけになった。陸地はぼんやりとしか見えない。果てしなく広がる海を見ていると、人の一生なんてどれもほんのわずかなあいだかもしれないと思った。やがて死ぬのは当たり前で自然なこと。その時間が短いか長いかは人それぞれ。長ければ幸せというものではない。

手の隙間《すきま》から白い骨がこぼれ落ちていく。青い海を背景に、それが光ったように見える。美音子は海面に広がっていき、そして漂った。我が子が海に抱かれているように思えた。

色とりどりのシクラメンがまかれ、美音子に彩りを添えた。船の汽笛《きてき》が鳴る中で、黙禱《もくとう》をした。佐和子は何も考えずに波の音を聴いていた。孝昭がそっと佐和子の肩に手を置いた。やすらかな気持ちになった。

黙禱が終わると、船は汽笛を鳴らしながら、美音子とシクラメンの回りを三周した。佐和子はこの景色を一生忘れないだろうと思った。思い出す度に胸の奥が痛むだろう。その痛みは我が子が自分のお腹の中で生きた証《あかし》であった。これからは心の中でこの子を育てていかなくては。

「美音子ちゃん、ほんの少しのあいだでも、あなたに会うことができて、本当に良かった」

佐和子は、海に向かってそうつぶやいた。

第六話　花束の妊娠

友達には意外だといわれるけれど、早百合《さゆり》は記念日が大好きだ。クリスマスや大晦日《おおみそか》、父の日や母の日、ヴァレンタインデーにホワイトデー。記念日にささやかながらもきちんとイベントをすると、生活がゆたかになった気がするのだ。手の甲に根性焼きの跡《あと》が残っている自分の、柄《がら》にもないことだとはわかっている。けれど、記念日のイベントはたった一人の家族である娘を喜ばすことができるチャンスだ。

中でも一番好きなのは誕生日。世間の都合で決められた日にちでないところがいいと思う。iPhone《アイフォーン》のスケジュール表で親しい人や家族の誕生日を確認する度に、うきうきした気分になる。

今日はカレシである永尾《ながお》道大《みちひろ》の誕生日だ。道大は今日で三十五歳。ついに四捨五入して四十か、もうお祝いなんていう歳じゃないよ、なんていっているのは、きっと半分照れ隠しだろう。つきあい始めたのは十ヵ月と十日前だ。はじめて一緒に祝う道大の誕生日は、出来る限り盛大にするつもりだった。奮発して、駅前の焼肉屋の個室を予約してある。道大は、仕事を早めに切り上げてうちに迎えに来てくれた。それなのに、あわてて作り置きのカレーに火を通している。

「みっちゃん、ほんとにごめんね。ママが熱出しちゃってさ。一ヵ月も前から休めるように頼んでたんだけど、私もママもいないとあの店、にっちもさっちもいかなくなっちゃうからさ」

店といっても、十人も入ればいっぱいの小さなスナックだ。店名は『マンハッタン』。早百合はチーママだった。まあ、ママとチーママの他には、時々バイトの女の子がいるだけ。カラオケの設備は古いし、テーブルも椅子《いす》も安っぽいし、酒の種類も少ない。赤ワインのグラスがやっと最近メニューに加わったぐらいだ。あんな店でも金曜の夜に訪れるのが楽しみな客がいる。

「あんな店なんて、早百合がいっちゃだめだよ。おれ、マンハッタン好きだよ。そりゃあ、ちょっと雑然としているけど、なんかくつろげるんだ。今日の分は、再来月の早百合の誕生日の時、一緒にお祝いしよう。ねっ」

彼の心の広さに早百合は涙が出そうになる。ちょうど二ヵ月後の十一日は早百合の誕生日だ。三十二歳になる、同じ数字の日にちに生まれたという事実に、運命を感じてしまった自分は単純過ぎるだろうか。

ママからの連絡を受け、焼肉屋の予約をキャンセルし、あわてててケーキを買ってきた。迷う時間もなかったので、早百合の好きなショートケーキだった。小さな丸いケーキにナイフを入れていると、道大がきいた。

「亜衣菜《あいな》ちゃんは？」

「今日もバイトだって。ほんとはね、勉強に集中しろっていいたいんだけどさ、私もそんなにおこづかいあげられないじゃん。洋服とか、いろいろ買いたい物が出てくる年頃だしね」

高校生になったばかりの亜衣菜は駅前のロイヤルホストでバイトをしている。中学時代の成績は中の上というところだった。早百合の娘にしては素行不良もなく、今まで大きな心配をさせられたことはなかった。最近はファッションに興味が出てきたらしく、おこづかいを稼ぎたいといい出した。早百合が高校生の時は、教科書なんて学校の机に入れっぱなしだったくせに、自分の娘となるときちんと勉強して欲しいと思う。ろくに授業を受けなかった自分と同じ経験をさせたくはない。

母一人娘一人のこの家に来る時、道大はいつも亜衣菜のことを気づかった。彼には離婚歴はあるが、子供はいない……らしい。というのも、それは道大の自己申告だからだ。男のいうことをつい疑ってしまう自分が情けなかった。今までのあてにならない男たちとのつきあいで、嫌な癖がついている。

　亜衣菜の父親もそんな一人だ。まだ高校生だった早百合の妊娠を知って、さっさと逃げた。今となっては、あの男に恨みつらみはないけれど、亜衣菜には、まともな男を捕まえて欲しいと心の底から思っている。道大のような、常識があって心が広くていろんなことを知っている男だ。

　急いでカレーとショートケーキを平らげ、店に向かった。道大がバス停まで送ってくれた。バスの後部座席から振り返ると、手を振る彼があっという間に小さくなっていった。思われている嬉《うれ》しさと誕生日の彼を残して仕事に行かなければならない悲しさが、同じ分だけ胸を塞《ふさ》いだ。バスの中から、亜衣菜にメールを送る。

──まだバイト中？　かあちゃん、今日は急に仕事になっちゃった。焼き肉もキャンセル（泣）。金曜だから、ちょっと遅くなります。鍋にカレー、冷蔵庫にポテトサラダがあるからね。

　道大のことは、亜衣菜に紹介を済ませている。今までの男の中で一番まともなんじゃない、というのが娘の感想だ。今日のデートにも誘ったが、カレシの誕生日ってフツー二人きりでしょ、と気をつかってくれた。

以前は母親に恋人ができると、その度に興味津々《きょうみしんしん》で、どこにでもついてきたがった。いっちょまえのことをいうようになった娘が、嬉しくもあり、寂しくもあった。

店につくと、バイトの千夏《ちなつ》ちゃんがテーブルにふきんをかけていた。昼間はどこだったかの大学の英文科に通っている。亜衣菜とはたった三歳しか違わないはずなのに、濃いめの化粧をしてケバいワンピースを着ている千夏ちゃんはじゅうぶん大人の女だ。亜衣菜もあと数年したらこんなふうになるのだろうか。想像してみると不思議な気持ちになる。自分たち「女」の世界に娘が入り込んでくることに、実感がわかない。亜衣菜がはじめてブラジャーをつけたのは、ついこのあいだのことである。

今日の最初のお客さんは小池《こいけ》さんだった。小さな工務店の経営者。月に二、三度訪れる常連さんだ。たいてい一人でふらっとやってきて、焼酎《しょうちゅう》のお湯割りを飲み、最後に一曲だけ歌って帰る。気持ちのいい客だった。

二杯目のお湯割りを飲み干す頃、小池さんはいった。

「早百合ちゃん、今日はあれ歌ってよ」

「かしこまりましたあ！」

あれ、というのは、『あなた』。小池さんの大好きな歌だ。ずいぶん昔に流行《はや》った歌謡曲だとかで、もちろん早百合は当時のことは知らない。この曲を歌っていた小坂明《こさかあき》子《こ》という歌手の顔もわからない。小池さんのリクエストでママが歌った時、画面に映し出された歌詞に心を奪われた。

——もしも私が家を建てたなら／小さな家を建てたでしょう

　家を建てる、なんて自分には関係ないことだと思っていたけれど、この歌を聴いて自分の家を持ちたいという気持ちになった。今のアパート暮らしが不満なわけではなかったが、家族を入れるちゃんとした箱が、人生には必要な気がする。

——真赤なバラと白いパンジー／小犬のよこにはあなた　あなた　あなたがいてほしい

　これこそ、今までぼんやりと描いていた理想だった。バラとパンジー、小犬。それから、小犬の横が似合う男。おだやかな幸せがみちあふれている暮らし。そんなものに、自分が憧れているなんて意外だった。早百合は時々、小池さんにせがまれて歌うようになった。

　歌う度、いかに自分の生活が歌とかけ離れているかを痛感して、悲しくなる。日々の生活に追われ、花なんてほとんど買ったことがない。次の給料が出たらたまにはバラの一本でも飾ろうと決意するのだけれど、いつもそのままだった。

　歌いながら、再来月の誕生日には道大から花を贈ってもらえたらいいなあと思った。そして、最後の、いとしいあなたは今どこに、というところを歌うと、急に不安になった。この歌の「あなた」は、最後にいなくなっているのだ。

道大のような男なら、もっとちゃんとした女の子が似合う気がする。自分のどこがいいのかを聞くと、必ず、感情がシンプルなところが好きだ、といってくれるけれど、自分のようなヤンキーあがりの女がめずらしいだけではないのだろうか。だいたい、ものはいいようで、シンプルってつまりは単純な馬鹿ってことかもしれない。

歌い終わってため息をつくと、マイクが拾ってしまい、狭い店内に早百合のため息がひびき渡った。

「どうしたのよ、早百合ちゃん。ため息なんかついちゃって」

「ごめんなさい。楽しんでもらわなきゃいけないのに。ホステス失格だね」

小池さんは、早百合が未婚の母であることも、今の彼氏に夢中なのも知っている。ママは、そういうことは人を見て話せ、という。小池さんは女の子たちの私生活を聞くのが好きだった。隙《すき》あらば口説こうという素振りなどまるでなく、なんとなく女の子とたわむれていたいだけなのだ。なーんて思わせておいて、それも作戦だったらすごいけれど。小池さんに今日の愚痴《ぐち》をいいたい気持ちもあったけれど、さすがにそれはまずいと早百合なりに判断した。

「私は家に真っ赤なバラも白いパンジーも飾ったことないなあと思ったら、ちょっと寂しくなっちゃってさあ」

「何、いってんの。早百合ちゃんちには、大きな花が咲いてるじゃないの」

「え？」

「娘さん。えっと、ア、アイ、アイコちゃんだっけ？」

「ああ。亜衣菜のこと？　そうね、あの娘は、私にとって花束みたいなもんかもねえ」

小池さんの言葉ではっとした。もし亜衣菜を産んでなかったら、と思うとぞっとする。

高校時代は中途半端な不良だった。仲間とつるんではバイクを乗り回し、時々ハメを外し過ぎてしまう自分たちに、世間の大人たちがしかめっ面《つら》をするのが楽しかった。最初は本当にそれだけだった。そのうちに、単なる噂や見た目だけで嫌悪感をあらわにする人にたくさん会った。こちらが迷惑をかけたわけでなくても、まず顔をしかめる。十代だった早百合には、とても理不尽なことに思えた。反発から行動はどんどんエスカレートしていった。

そんな早百合が、亜衣菜を産んで、世の中のことを受け入れられるようになった。

受け入れるとか受け入れないなんて考えている余裕がなくなった、というべきか。食べて寝る、という人間として、というより生き物として当たり前のことに必死になった。食べて寝るためには働かなければならず、働くためには偏見も先入観もいろいろなすべてを引き受けなくてはならなかった。そうなると、今までムカついていたことが、案外たいしたものでもないと気がついた。

小池さんに、おじさんに何か最近の歌も教えて、と頼まれ、早百合は安室奈美恵《あむろなみえ》の『NEW LOOK』を歌った。数年前のヒット曲だけれど、小池さんにとってはきっと最近の類いだ。

かつて安室ちゃんのファッションを真似する友達がたくさんいた。彼女たちは「アムラー」なんて呼ばれて、それが、いかにもチャラチャラした感じで、虫が好かなかった。だから、安室ちゃんも嫌いだった。

でも、できちゃった結婚をした時、早百合の安室観が変わった。ほとんど社会現象というぐらいの人気まっただ中に妊娠して、出産のために一年間休んだ。相当勇気がいることではないだろうか。こいつ、根性すわってる。認めてやってもいいんじゃないか。

「この歌、知らないなあ。流行ってるの？」

その後は、途切れることなく客がやってきて、大忙しの夜だった。道大とのデートをあきらめたのは正しかった、と思った。

ママの代わりに店を閉め、家に着くと午前零時近かった。亜衣菜はまだ帰っていない。鍋のカレーも冷蔵庫のポテトサラダもそのままだ。

最近、時々こんなことがある。メールの返信が滞りがちなのも気になっていた。彼女なりの理由があるだろう。うざい詮索はしたくないけれど、時間が時間だったので、携帯を鳴らした。留守電につながった。折り返しの電話もない。三回かけたが、結果は同じだった。娘を信じたい。けれど、いやな予感がざわざわと胸の奥を通り過ぎていく。

流しには、カレーやケーキを道大と食べた皿が浸けっぱなしになっていた。皿を洗いながら、早百合は考えた。亜衣菜のために仕事を減らした方がいいのではないか、と。家に帰ると誰かが待っている、そんな当たり前の生活をさせてやりたかった。

昼はカー用品の店でパートをしている。それが本音だった。そちらを中心にして、『マンハッタン』に行くのは週末だけにしたい。けれど、ママからは頼りにされているし、収入のことを考えても、それは無理な話だった。明日も午前中から出勤である。早く寝ないと身体がもたないと思いつつ、亜衣菜のことが気になった。

亜衣菜の部屋に入ってみる。狭い部屋はきちんと整理整頓されている。脱いだ服が小さな山を作っている早百合の部屋とは大違いだった。そんな様子を見て安心しつつも、つい机の引き出しを開けてしまった。そこにはいろんな色が溢《あふ》れていた。ポストイットやフリスク、キティちゃんが描かれた手鏡……。

そんな中に、まだ封の切られていないコンドームの箱があった。

思わず胸を押さえた。昔のことを振り返れば、亜衣菜の年齢の時には自分だって経験済みだった。でも、ショックだった。

――ううん、コンドームったって未開封だもん、きっとませた友達がいて、好奇心にかられてその子からもらったものに違いない……、無理矢理そう信じ込んだ。

窓の下からクルマの音がした。のぞくと、部屋の真下にタクシーが止まった。後部座席から制服姿の亜衣菜がおり、タクシーはするすると闇夜に消えて行った。顔はわからなかったが、後部座席に人影があった。男のように見えた。

あわてて引き出しを閉め、玄関に向かった。亜衣菜は部屋に入ってきても、早百合と目を合わせようとしなかった。

「こんな時間まで何やってたの？」

「だからぁ、バイトだってば。ファミレスは二十四時間営業じゃない」

「店がやってるからって、高校生がこんな時間まで働いていいわけないでしょう」

「だって、お金稼ぎたいんだもん」

言葉につまった。だったら学校辞《や》めて働きなさい、それが正論とわかっていてもいえなかった。亜衣菜は冷蔵庫から牛乳を出し、パックのふちに口をつけた。早百合がコップを差し出しても無視して、口にふくんだ牛乳を流しに向かってぺっと吐き出した。白くていびつな水たまりがいくつもできた。

「誰かに送ってもらったの？」

「別にぃ。あたし、疲れてるの。もう寝るから。おやすみなさい」

そういって、自分の部屋に入ってしまった。

現役時代、早百合の制服のスカートは歩くだけで床の掃除ができてしまうほど長かった。髪は金髪に近い色で、どぎつい化粧をしていた。それに比べると、亜衣菜の服装に乱れは見当たらなかった。スカート丈は短くも長くもないし、髪も染めていないし、化粧もしていない。しかし最近、洗濯物には、早百合が買い与えたものではない、派手な色の下着が時々混じっている。あれは、何を意味しているのだろうか。

早百合のシンプルな思考回路は混乱するばかりだった。

次の週の日曜日、早百合はパートを早めに切り上げた。道大と夕食の約束をしている。亜衣菜を誘うと、嬉しそうに、「一緒に行く」というのでほっとした。三人は隣町の回転寿司屋に行った。三十分待ちだったけれど、おしゃべりをしていたら、あっという間にテーブルが空いた。亜衣菜は道大になついている。このあいだの夜のことを問いただしたい気持ちもあったが、ぐっとこらえて明るく振る舞った。

昼食はおにぎり二個だった早百合は、早速、目の前の皿をとった。納豆巻きといくら。あっという間にそれらを平らげ、今度は卵焼きだ。

「ちょっとぉ、おかあさん、お寿司食べるのも順番ってものがあるじゃん。何、いきなり納豆巻きとか卵焼きとか食べてんのよ」

「だって、私、お腹空いちゃってさあ」

卵焼きを飲み込んでからそう答えたが、亜衣菜はいつの間に、寿司を食べる順番を覚えたのだろう。残念ながら、二人が回らない寿司屋に行くのは、四年に一度ぐらいのことだ。道大はにこにこしながら、親子のやりとりを聞いていた。

「亜衣菜ちゃん、ネタは何が一番好きなの？」

「そうだなあ、穴子とアジかな。トロはそうでもない」

道大が回ってくる皿からアジを選んで亜衣菜の前に置いたのに、亜衣菜は気だるそうに背もたれに身体をあずけた。

「どうしたの？」

早百合と道大が同時にきいた。

「なんか、気持ち悪い……」

亜衣菜は苦しそうにいって、席をたった。ぴんときた。亜衣菜の分の生理用品が減らないのも気になっていた。

道大は、今の風邪ってお腹にくるらしいよ、それかもしんないね、などとのんきなことをいっている。こういう時は、母親の私が落ち着かなければ、と自分にいい聞かせた。口の中の中トロを一気に飲み込んだが、味なんかよくわからなかった。

亜衣菜は青白い顔をしてもどってきた。早百合は問いかけた。

「亜衣菜、あんた妊娠してるんじゃないの？」

「えっ」

思わず声を出したのは、道大だった。口が開いたままで、箸《はし》を持った手は空中で止まっている。カウンターの向こうの職人も一瞬だけ手を止めたが、聞こえなかったふりをして作業に戻った。亜衣菜は表情を硬くしたまま、黙っている。

「心当たりはあるんだね？」

ゆっくりと首を縦にふった。

どんという音がしそうなほど、心に衝撃がきた。自分が妊娠した時の親の嘆きが、今やっと身体でわかった。母は声をあげて泣いた。父は、なんてことしてくれたんだ、と怒鳴った。最近こそ、表面上はまあまあ仲良くやっているけれど、早百合の中で両親に対するわだかまりが消えたわけではなかった。

「相手の男は？」

亜衣菜はあいかわらず黙ったままだ。

「黙ってちゃわからないじゃないの、亜衣菜。責めてるわけじゃないから。ちゃんと確かめたの？」

やはり黙ったまま、今度は首を横にふった。

「明日、病院に行こう。かあさんも一緒に行くから」

「え？　仕事は？」

やっと、亜衣菜が口を開いた。

「そんなもんより、こっちのほうが大事でしょう」

亜衣菜はとうとう涙ぐんだ。その不安はよくわかる。でも、早百合は亜衣菜の妊娠を確信した瞬間に、あっさりと喜びが不安を追い越していくのを感じた。

その夜はなかなか寝付けなかった。

産むのなら勘当するといった自分の両親のようには、なりたくなかった。孫が出来るかもしれないんだ。喜ばしいことではないか。何度もそう思おうとした。実際、口に出していってみたりもした。でも、もし、そうだとしたら、亜衣菜も自分と同じように高校を中退しなければならないだろう。

自分が亜衣菜を産んだ時の、あの計りようのないほど大きな嬉しさを彼女にも味わって欲しかった。同時に、自分がしてきた苦労や受けた屈辱を彼女の人生から取り除いてやりたくもあった。


翌日、電車を乗り継いで、少し遠い街にある産婦人科に亜衣菜を連れていくことにした。底冷えのする日だった。中途半端な時間の午後。電車はがらがらだ。正面の席では、セーラー服を着た女の子が二人、楽しそうにおしゃべりをしている。亜衣菜と同じぐらいの年頃だろう。ダイエットとゆるキャラとパンケーキの話題がぐるぐると回っている。早百合は亜衣菜に話しかけた。

「帰りに何か食べて帰ろっか」

「二日も続けて外食して、大丈夫？」

「だね……。でも、なんとかなるでしょ。あんたの好きなもん、食べに行こう」

産婦人科医は初老の男性だった。若い男じゃなくて良かった、と早百合は思った。ずれた老眼鏡を直そうとせずに、医師はいった。

「おじょうちゃん、おめでたですね。三ヵ月目に入ってます」

まるで孫にいい聞かせているみたいだった。

「ありがとうございます」

亜衣菜ははっきりといった。

「ええっと、おじょうちゃんはまだ十六歳かあ。高校生なんですね。まあね、よくお考えになって、それからまた来院してください」

初老の医師はゆっくりと、そしてやさしい口調でいった。理解のありそうな人で良かった。

早百合は苦々しい経験を思い出した。

自分を診たのは中年の女医だった。ブロウの行き届いた髪と銀縁の高そうな眼鏡が、威圧感に拍車をかけていた。じろりとこちらをにらんでから、事務的に妊娠を告げた。早百合が思わず両手を口に当て喜びに浸ると、眉間《みけん》にしわをよせ、こういい放った。

「中絶は出来るだけ早いほうが身体に負担がかかりませんから」

「あの、まだおろすって決めたわけじゃありませんけど」

「あなた、まだ十六歳でしょう」

当然中絶をするものだという態度は、今思い出しても腹がたつ。親にも学校の先生にも、そして相手の男にも医師にも、産むことを歓迎されなかった。それでも、早百合は産みたいと思った。意地になったわけではなく、新しい命を失う理由がみつからなかったのだ。

そんな自分がどうして、亜衣菜に中絶をしろ、などといえるだろうか。

病院の帰りに、ガストに寄った。亜衣菜は、回転寿司の時とは違い、シルキーポークの生姜焼きをおいしそうに平らげた。逆に早百合は、大好きな和風ハンバーグを完食できなかった。この娘の道しるべにならなければ、という緊張が身体じゅうにみなぎっている。まずは肝心なことを聞かなければならない。

「でさ、亜衣菜、相手の男はどこのどいつなの？」

「それは……」

「そいつは、ちゃんと亜衣菜と一緒になる気あんのかよ？」

「おかあさん、やめてよ、そういう口調」

興奮すると、ついヤンキー時代の口調になってしまう。亜衣菜はそれを嫌がる。

「男にはちゃんと話さないとだめだっていってんの」

亜衣菜はため息をついた。

「話せるわけないじゃん、デキちゃった、なんて」

「どうして？」

「どうしても」

「まさか、あんた、相手の男って妻子持ちなの？」

黙り込んだのが答えらしい。大声で怒鳴りたい気分だった。うちの大事な娘に何てことするんだよ、と。

「ちょっと、かあさんをそいつに会わせなさい。話つけてやる」

「待ってよ。話つけるって、何それ。最初っから結婚してるって知ってたよ。だから、お互い様だよ」

「何がお互い様なんだ。子供がわかったような口利いて。とにかく、相手の男に会わせなさい」

「中絶の費用巻きあげるつもりなら、無理だよ。もうもらっちゃったようなもんだから」

「どういう意味？」

亜衣菜が恐ろしいことを口にしようとしているのがわかった。乾《かわ》いたハンバーグが何か別のもののように見えた。

「お金はもうもらっちゃってるってこと。私さ、売りやったんだ……」

いい終わらないうちに、早百合は亜衣菜の頰をひっぱたいていた。隣のテーブルにいた若いカップルがおどろいた顔で、振り返った。亜衣菜は頰を押さえて、上目使いでこちらをにらんだ。

「情けない……。まったく、情けないったらありゃしない。あたしは亜衣菜をそんなふうに育てた覚えはないよ」

「何よ。おかあさんなんて、もっと悪いことといっぱいしてたんでしょう」

「ああ、したよ。道路交通法違反、かつあげ、万引き、未成年飲酒、いちいちあげてたらきりがない。補導されたことだって、何度もあるさ。でもね、あんたのは一番やっちゃいけないことだよ。プライドは絶対にお金に換えちゃいけないよ」

「ふん。お金がなくて欲しいものも買えないほうが、よっぽど情けないじゃない」

亜衣菜がどこか遠くにいってしまった気がした。情けないのは他でもない、娘に大切なことを教えられなかった自分自身だ。

ママに電話をして、その日は『マンハッタン』を休んだ。このあいだのこともあるし、月曜日だったので、ママは快く受け入れてくれた。家に帰ると、亜衣菜は部屋に入ったきり出てこなかった。それでも、今夜ここにいるのが母親の務めだと思う。

心配した道大が電話をくれた。妊娠していたことだけを話すと、おどけた口調でいった。

「早百合、おばあちゃんになるんだね。これから、おれもおばあちゃんって呼ぼうっと。今度の誕生日はおばあちゃん記念も兼ねるかぁ」

下手な冗談に笑う気にもなれなかった。早百合が黙っていると、道大は続けた。

「うーん。ごめん。どういったらいいのか、わからなくて。でも、新しい命が誕生するんだから、やっぱりお祝いすることだろう?」

「事態はそんなに簡単でもないんだよねえ」

「そっかあ……。何か、おれにできることがあったらいってよね。ってそんなん、あるわけないか」

「ううん。そういってくれるだけで心強いよ。ありがとう」

道大が優しい言葉をかけてくれる分だけ、早百合は悲しくなった。これでまた、道大との結婚は遠くなるだろう。もしかすると、なくなったに等しいかもしれない。道大は再婚だから、慎重になる。そこにきて、子供と孫までついてきちゃあ、尻込みもするはずだ。

仕方がない。自分には亜衣菜がいるではないか。たまには、花でも買って気を紛らわそうと思った。本当に、今度こそ。

道大と出会ったのはチーママと客として、だった。近くにある自動車会社の営業所に部長として新しく赴任してきたのが、道大だった。新部長の歓迎会の二次会会場となったのが、『マンハッタン』だった。どんなおじさんがくるのかと思っていたら、見たところ、早百合とそう変わらない年代の、適度に若々しい男が現れた。

もう飲めないっすよ〜、とか何とかいいながら、周りの人々にせがまれ、そんなに嫌そうでもなく、一気飲みにつきあっていた。この人、あんまり酒が強そうじゃないな、長年の水商売の経験で早百合は思った。案の定、見る見るうちにろれつが怪しくなり、目が半分ぐらいしか開かなくなった。見るに見かねて早百合はいった。

「あたしが代わりに飲んだげる」

「へ？　はぁ。それふぁ、ろーもあひがとうごらいますぅ」

道大は真っ赤な顔でこちらを見つめたかと思うと、ころんと早百合の膝《ひざ》に頭を沈めた。そのまま健やかな寝息をたて、眠り込んでしまった。よだれで早百合のワンピースが汚れたけれど、嫌な気分はしなかった。青いワンピースは細かく魚がプリントされたもので、お気に入りの一着だった。道大の無防備な寝顔を見ていると、夜の垢《あか》がはがれていく気がする。

三十分ほどたって目が覚めると、コップに水を四杯も飲み、寝ぼけ眼のまま帰って行った。携帯電話と名刺入れを忘れていた。

翌日、開店前の『マンハッタン』にクッキーの詰め合わせを持ってやってきた。あんなふうに酔っぱらったことなど、今までなかったという。

「ほんとに、すみませんでした。酒はそんなに強いほうじゃないから、いつも気をつけているんですけどねえ。やー、昨日はすっかり油断しちゃったみたいで。いったい、どうしちゃったんだか……」

「あんまり気にしないでください。よくあることですから」

こんなふうにして知り合った。

それから時々飲みにやってきて、たわいもないおしゃべりをして帰った。酔って寝込むようなことは二度となかった。いつもきちんとスーツを着て、礼儀正しかった。

あまりにもスクエアなせいか、早百合は男として意識することもなかった。だから、道大が日曜の夜、一人で食事をするのが寂しいともらした時、なんの躊躇《ちゅうちょ》もなく、こんなことを口にしたのかもしれない。

「あ、じゃあ、今度うちに食べに来ます？　娘とあたしだけだから」

「え、いいんですか？」

「まあ、大したもん出てこないですけどね」

早速、道大はその週の日曜日、早百合と亜衣菜が暮らすアパートにやってきた。

豚肉のキムチ炒めとコーンスープ、キュウリの漬《つ》け物。食事の後は、道大が持って来たシュークリームを三人で食べた。日曜の夜の食卓に、来客があるのはそう珍しくもなかった。亜衣菜はリラックスしていたが、後で聞いたところによると、道大はそれなりに緊張していたらしい。亜衣菜に、好きな科目は何だとか、趣味は何だとか、かしこまった質問ばかりしていた。

紅茶のティーバッグを捨てながら、早百合はふと、一家団欒《だんらん》ってこんな感じなのかな、と思った。その日の夜、帰宅した道大から電話があって、つきあって欲しいといわれたのだった。

その後、道大が『マンハッタン』に来ることはなかった。カレシの自分がいたら他のお客さんがしらける、というのが理由だった。

その道大が、亜衣菜の妊娠を知って、わざわざ店にやってきた。

開店直後の早い時間。少し困った顔をして、ドアを開けた。偶然、早百合は細かく魚がプリントされた、あの青いワンピースを着ていた。

「あ〜ら、珍しい。どういう風の吹き回しかしらぁ」

ママはそういって、さりげなく道大を店の奥の目立たない席に誘導した。それから、早百合の耳元でささやいた。

「なんか話があるんでしょう。外にいかれるのは困るけど、店の中なら許したげる。そこでゆっくりやんなさいよ」

「ありがとう。ママ」

道大は珍しくバーボンソーダを注文した。早百合は二人分のバーボンソーダを作って、テーブルについた。

「亜衣菜ちゃんのことが気になってさ。なんだか、言葉を濁してたみたいだし。おれが首つっこむことでもないのかな」

「……、そんなことないよ。ただね……、みっちゃん、驚かないでくれる」

「うん。どうしたの?」

「あの子、売りやってたんだよ」

「売り？　売りって……」

「エンコーだよ、エンコー」

「えええええ！」

驚かないでくれ、などといった自分が馬鹿だった。そりゃあ普通は驚くよな。道大は、とりあえず、という感じでバーボンソーダをあおった。早百合もつられてあおり、一気に飲み干してしまった。

「あたしは十六歳で亜衣菜を産んだ。そん時、誰も味方してくれなかった。でもね、あたしは全然怖くなかったよ。お腹の中にあたしの最大の仲間がいるんだって思えたから。なんていうの、一人より二人だと倍なんてもんじゃないの。もう、十倍も百倍も心強いんだよね。相手の男なんてさ、うろたえるだけでさ。頼むからおろしてくれって泣かれたんだ。めちゃくちゃ悲しかったし、腹もたったけど、あの男を好きになったことは全然後悔してないしね。むしろ、こんな心強さを味わえないなんて、かわいそうなぐらい。あの時の自分のことを思い出すと、私は亜衣菜のこと責められない。でもさ、でも……」

早百合は道大のグラスを手にすると、その中のバーボンソーダも飲み干し、それから続けた。

「産まれてきた子がさ、自分がエンコーでできたってこと知ったらどう思うんだろう？　それが一番怖いの。自分だったら、やっぱり落ち込むと思うんだよね。うちの両親は見合い結婚で、私自身、そんな崇高な愛の結晶ってわけでもないけど、ちゃんと望まれて産まれてきたのはわかる。で、そのことに感謝してる。だからさあ……。なんていうの、ねえ、みっちゃん。みっちゃんは、もし、自分がエンコーでできた子だったら、どう？　やっぱ自分のことが好きになれなくなっちゃわない？」

道大はただ呆然と早百合の口元を見つめている。まだ事態が飲み込めていない、という感じだった。

少しのあいだそうしてから、溶けて丸くなった氷をグラスからつまんで、口に放り込んだ。

「亜衣菜ちゃんのしたいようにさせてあげるのが一番いいんじゃないかなあ」

早百合は大きくため息をついた。

「こんなことしかいえなくて、申し訳ないんだけど……。でも、おれは本当にそう思うんだ」

早百合は、新しい命を肯定したいのに、それができないもどかしさに声をあげそうになる。産むのか、おろすのか、どちらが正解なのか、さっぱりわからない。そんなことを考えていると、亜衣菜を産んだことさえ正解だったのかという疑問が頭を過《よぎ》り、自分が恐ろしくなった。

カウンターではほろ酔い気分のサラリーマンがママと何やら楽しそうに盛り上がっていた。最近ちょくちょく顔を見せる、ニューカマーだ。楽しそうにしている、というだけでうらやましかった。その客が帰ってからママがいうには、リストラされて最後の出社日だったという。あんなに楽しそうに見えたのに。

「なんかね、明日から通勤電車に乗らなくていいと思うと気が楽になった、とかいってたわよ」

亜衣菜は必要最低限なことしか口を開かなかった。そうしているあいだにも、お腹の子は成長しているのだ。刻一刻と。

早百合はなすすべもなく、食事を作り、パートに行き、夜は店に出た。以前と変わらない毎日のようにも思えた。三日目の夜、早百合が店から帰ると、めずらしく亜衣菜がお茶を入れてくれた。早百合の好きなローズヒップティーだ。

「ありがとう」

「これ、ビタミンがたくさん入ってるんだよ」

「ふうん。亜衣菜はそういうの、くわしいね」

「まあね」

ぎこちない会話が続いてから、亜衣菜が何かのチケットを取り出した。

「なあに？　これ」

「安室奈美恵のライヴ」

「え？　ライヴって……」

「おかあさん、安室ちゃんを生《なま》で観てみたいって、ずっといってたじゃない」

「そうだけど……。これ、どうしたの？」

「また情けないっていわれるかもしれないけど、売りで稼いだお金でこれ買った」

早百合は言葉が出てこなかった。

「売りはね、友達に誘われたんだ、ロイヤルホストよりわりがいいバイトあるよって。私は別にそんなに欲しいものがあるわけじゃなかったけど、お金があったら何買うんだろうって、そういう興味みたいなのもあったかな。実際に五万円を手にしたら、そうだ、おかあさんの誕生日に何か買ってあげようって思ってさ。ご飯とか洗濯とか、やってもらうのが当たり前って感じになってるけど、明日こそありがとうっていわなきゃって、毎日思ってるんだ。ほんとに。でも、口に出すのは照れくさいから……これ。二枚あるから、みっちゃんといってくればいいよ」

悲しさと嬉しさと情けなさが入り交じって、なにがなんだかわからなかった。とにかく、感情が濃くなっていることだけは事実だった。亜衣菜は一気にしゃべってから、ローズヒップティーに口をつけ、そして頭を机にこすりつけた。

「お願い。産ませて。学校辞めてちゃんと働くから。ほんと、お願いします」

母親なのだ、と思った。亜衣菜にはもう、母親の本能が芽生えている。それをさえぎることは誰にも出来ないだろう。

早百合が言葉を捜していると、亜衣菜はこと細かに、妊娠までの経緯を話し始めた。

友達がセッティングした相手とは、最初は食事につきあうだけという条件だったらしい。どんなダサいおじさんがやってくるかと思ったら、そこそこ身なりに気をつかったそれなりの男が現れた。亜衣菜によれば、いかにも「ちょい悪」ふうのファッションだった。薬指にはカレッジリングもしていたという。化粧品会社に勤めていると話したようだが、それが本当かどうかはあやしいものだと、早百合は思った。援助交際の相手に、そう簡単に素性を明かさないだろう。

タクシーで連れて行かれたのは下町の鮨屋《すしや》で、鮨の注文の仕方を亜衣菜に教えたのはその男らしい。

「私、ちょっと不思議に思って、おじさんぐらいおしゃれで、話もおもしろかったら、何もわざわざお金払って女子高生買わなくても用は足りるんじゃないのって聞いてみたの。そしたら、そのおじさん、急に涙ぐんじゃってさ。わずらわしいこと抜きで泣く相手が欲しかったんだっていうの。会社では、部長さんだかなんだかで、家でもけっこういばってるんだよ、きっと。でも、女の人に自分の弱いとこ、認めて欲しいって願望があるって」

その気持ちが理解できたわけではないが、なんとなくかわいそうになり、亜衣菜は自分から、じゃあホテルに行く？　と聞いたそうだ。ホテルにいるあいだじゅう、男はめそめそ泣いていたという。

すべてを話し終わって、亜衣菜はお腹に手をやりながらいった。

「ここにいる子はね、私の子なんだよ。他の誰のでもない、あのおじさんの子でもないの。私の子供。おかあさんだって、亜衣菜のこと、そういってたでしょう。私も産みたいの。お願いだから、産ませてよ」

早百合はふぅっと大きく息を吐いてから、いった。

「わかった。じゃあ、明日、もう一度医者にいって、これからのことちゃんと相談しよう」

亜衣菜は早百合の言葉が終わらないうちに、涙をこぼしながら、何度もうなずいた。

確かに、早百合はかつて亜衣菜にそういったことがある。幼稚園に入ったばかりの頃、帰るなり亜衣菜はいった。

「ねえねえ、うちには、おとうさんって人はいないんだよね？」

きょとんとした不思議そうな顔をしていた。早百合は思わず、亜衣菜を抱きしめて、いったのだった。

――あんたは私の子。他の誰の子でもない、私の子供なんだからね。

あのことを覚えていたのだ。もう、早百合に迷いはなかった。なんとしてでも守ってやらなければならない。亜衣菜も、そして亜衣菜の子供も。

誰かにこの決意を聞いてほしかった。自分のことをわかってくれている誰かだ。もう午前一時近かったけれど、早百合は道大に電話をした。

「もしもし～」

眠そうな声で出た。

「ごめんね。こんな夜中に。でも、みっちゃんにどーしても聞いてもらいたくて。今」

「うん。大丈夫だよ。亜衣菜ちゃんのことぉ？」

早百合は、母と娘の会話を道大に話した。何度も同じ話をしてしまったけれど、道大は、うんうん、と相槌を挟《はさ》みながら聞いてくれた。学校のことや生活費の心配まで話した。話すことで気が楽になった。

道大がいった。

「あのさ、早百合。おれと一緒に住まない？」

「えっ」

「今すぐ返事して、とはいわないから、考えといてね。おやすみ」

そういって、電話は切れた。あまりにもあっさりしていたので、すぐには言葉の意味を受け止められなかった。

次の日は、パートを休み、病院に行った。夜は「マンハッタン」で働いた。一日中、心の片隅で道大のいったことを繰り返していた。

一緒に住むって、どういうことだろう。でも、「住む」って言葉はひとつの意味しかないし。同情したのだろうか。もしくは、何か勘違いしているのかもしれない。それとも、寝ぼけていて、夢でもみていたのか。

店に出る仕度をしていると、道大から電話があった。部屋の下にいるという。

「あがってってもいい？」

「何、いまさら。かしこまって」

道大は赤いバラの花束を抱えていた。

「なんだか、昨日いったこと本気にしてもらえなかったみたいだから」

「そんなことないけど……」

「新しく産まれてくる子と四人で住もう。人手は多いほうがいいだろう？」

早百合は思わず、道大に抱きついた。せっかくのバラがつぶれてしまった。


休日の度にあれこれ不動産屋を回って、結局、早百合の誕生日に引っ越した。誕生祝いは引っ越し蕎麦《そば》になった。ボロいけれど、一軒家だ。庭はなかったし、小犬もいないけれど「あなた」はいる。ちゃんと、ここに。

亜衣菜は一年間、学校を休むことになった。その後、退学するか復学するかは、産んでから決めたいと、早百合は学校側を説得した。

早百合の三十二歳の誕生日は、娘とカレシとこれから生まれる孫という、ちょっと変わった構成の家族の始まりの日になった。この先どんなことがあっても、今日という記念日はずっと忘れないだろうと思った。

第七話　レット・イット・ビー

いつの間にか、夏が苦手になっていた。

夏はすべてのものの生命力が太陽に照らされ、それを見せつけられる。同時に、自分の生命力がすり減っていることを自覚しなければならない。

百合子《ゆりこ》は海のそばで育ち、海で遊ぶのも大好きだから、夏は最高の季節だった。八月が終わりになる度に、ずっと夏が続けばいいと本気で思った。

それなのに、四十を過ぎた頃からだろうか、だんだんと太陽のまぶしさがうっとうしくなった。もう若くはない。夏が来る度にその事実を突きつけられる。夏の海より冬の海のほうが好きになった。冬は空気が澄んでいて、色彩がより美しい。

二年前、港区のマンションを引き払い、両親の住む鎌倉《かまくら》の家に戻った。はなやかなパーティや馴染みのバーを飲み歩くことに、そろそろ飽きていた。

その年は、特に残暑がきびしかった。九月になっても暑さや湿度はおとろえず、明日になったら身体が腐るのではないかと思うほど、暑い毎日だった。遊び呆《ほう》けてばかりの学生の頃に望んでいた「永遠の夏」は、今となっては恐怖でしかなかった。

そんな八月の終わり、三歳年上の兄の夫婦に初めての子供が産まれた。女の子だった。

高齢の父と母は体調を崩していて、東京の病院まで初孫に会いにいく体力はなく、涼しくなってから百合子のクルマで兄の家に行くことになった。

出産から一週間ほどたって、兄から電話があった。朝食をとっている時だった。

兄の声には緊張が張り付いていた。

「今、鎌倉駅についたから。これから、そっちに寄る」

子供が産まれたばかりの父親らしい幸せな響きはない。

「どしたの？　突然」

「ちょっと、話しておくことがあって」

「会社は？」

「半休とった」

わざわざ会社を休んで突然やってくるなんて、借金の申し込みだろうか、と百合子は思った。出産って、いろいろお金がかかるみたいだし。

朝食の片付けが終わった頃、兄が来た。父と母は居間でくつろいでいる。百合子は、コーヒーをいれに台所にいった。すぐに産院に駆けつけなかったうしろめたさもあり、埋め合わせにおいしいコーヒーを出そうと思った。カップを温め、豆をひき、ドリップでコーヒーをいれた。

四人分のコーヒーをお盆に載せて居間にいくと、兄が医学用語を交えて何かを説明していた。父は無表情で、母はぽかんとした顔だった。どうやら借金の申し込みではないらしい。

染色体がどうのこうのといっている。百合子は、ほとんど意味がわからなかったけれど、カップを運ぶ手が震えそうになった。「ダウン症候群」という単語を聞いて、一瞬、窓の外の景色がゆがんだ。

正直なところ、その言葉は、今まで別の世界にあるものだと思っていた。

ていねいにいれたはずのコーヒーは味がしなかった。

出産の翌日、医者に呼ばれた兄は、入浴方法の指導だろうかとのんきな気持ちで産院に行ったら、いきなり染色体の専門的な説明を受けたという。義姉《あね》は血圧が二百を超えてしまい、産院とは別の大学病院に入院しているそうだ。

兄はコーヒーのカップを手にしても、ちっとも飲もうとしない。

「あの日は、生きてきたなかで一番驚いたよ」

でももう現実を受けいれているようだった。

「ハンディキャップの程度は成長してみないとわからないんだって。大学まで進学している人もいるって話だし。家族で、できる限りのサポートをしてあげたいと思ってるんだ。なるべく早くに、弟か妹を作りたい」

百合子も父も母も、言葉もなく、兄の言葉を聞いていた。

一時間ほど話して、兄は会社に行った。父は黙ったまま新聞を手にして、母は自分の部屋にこもった。百合子は家じゅうの掃除をした。風呂、トイレ、台所、玄関。思いつく限りの場所を磨《みが》いた。窓が光るほどきれいになっても、まだ磨き続けた。

晴れた日だった。真っ青な空に裏切られた、と思った。空から突然、重くて暗いものが落ちてきた、といったらいいだろうか。

これからどんなことが起こるのだろう、と不安になった。

翌日、百合子は一人で都内の病院に行った。受付で名前をいうと、対応した人の動作が止まり、こわばった表情でこちらを見上げたように、百合子には思えた。病院の中で人とすれ違いたくなかった。

病室は二階にあった。入る前、胸に手をあてて深呼吸をする。これから姪《めい》と会うのだ。

ベッドでは小さな赤ちゃんがすやすやと眠っていた。口をへの字に曲げて、一生懸命に睡眠に没頭している。知らなかったら、ダウン症とはわからないかもしれない。何度も自分にそういい聞かせた。

持ってきた一眼レフで、まだ名前のついていない彼女を撮《と》った。寝顔、手足、俯瞰《ふかん》で全体、横顔、苗字《みょうじ》だけの名札。足の裏も撮った。まだ地面を踏んだことのない小さな足の裏も。

百合子は、半年ほど前から一眼レフをいじり始めた。景色ばかりで人物を撮ったことはなかった。

気が向いた時にしかカメラを持たないので、写真の腕前はちっとも上達しない。心の中で見えた景色と実際に写し出された景色とはずいぶん違うことが多かった。たまに、心の中のそれと画像が、かちっと音をたてるように一致することがあって、それが楽しい。

海とか夕陽とか庭の植物とか空とかサーフボードとかクルマとか、身の回りのものを気まぐれに撮っていたが、人にカメラを向けたことはなかった。自分がその人をどう見ているのか、ばれてしまう気がした。

姪を前にして、そんな気持ちは吹き飛んだ。とにかく記録をしておかなくてはという使命感にかられた。

産院の後、大学病院に義姉を見舞った。

彼女の母親と妹がベッドを囲んでいた。差し入れと手紙を渡し、短い会話を交わして病室を後にした。

手紙には、古くさいはげましの言葉が並んでいた。二時間もかけて書いたのは、十行ほどのありきたりのものだ。それしか思いつかなかった。

兄は再婚だった。最初に結婚した人は大学の同級生で、大手の金融会社のトレーダー。アルマーニやジルサンダーのスーツを着こなす、絵に描いたような「ザ・キャリアウーマン」である。派手なことを好まない兄には、意外な相手だった。十年間の結婚生活で子供はいなかった。作ろうとしなかったのか、欲しくてもできなかったのかはわからない。

離婚する三ヵ月前も、百合子や父、母も交えて、フレンチレストランで食事をした。義姉は出張先のニューヨークから成田《なりた》空港に降り立ち、直接店にやって来た。バーグドルフグッドマンの大きなショッピングバッグは百合子への土産《みやげ》だった。百合子は義姉になついていた。二人だけでランチをすることもあった。

離婚を知らされた時はびっくりした。子供がいないだけで、それ以外は完璧の夫婦だと思っていた。どちらかの浮気というわけでもないようだった。兄はいった。

「よくある性格の不一致だよ。もしくは、価値観の違い。結婚してないユリには、わかんないだろう、こういうの」

その二年後、兄は再婚した。十歳年下の、バーグドルフグッドマンで浮かれたりしない地に足のついた女性だった。百合子にとっては七歳年下の「姉」だった。

離婚の後も、兄の前妻とは時々メールをする間柄だった。そのうしろめたさから、新しい義姉とはすぐには打ち解けられなかった。

手紙に託した思いは、彼女に伝わったのだろうか。


百合子は、身内にダウン症の赤ちゃんが産まれたことをなかなか受け入れられなかった。夢なら早く覚めて欲しい。毎朝毎晩、そんなことを考え、つい涙が出た。

母の友人が、「あなたは本当に幸運ね。足りないものは孫だけね」と母にいったことがあった。庭には好きな花がたくさんあって、家でアンティークの食器の手入れをする日常は、確かに幸せに見えるだろう。本当は幸せの形なんて自分にしかわからないのに。

兄は、ありのままに育って欲しいという気持ちをこめ、娘を「有《ゆう》」と名づけた。百合子は、ビートルズの『Ｌｅｔ ｉｔ ｂｅ』をｉＰｏｄ《アイポッド》に入れた。

それでも、なかなか「ありのまま」を受け入れられないでいた。

ご近所の顔見知りの方と道ですれ違う。

「そういえば、お兄さんのところの赤ちゃん、お産まれになった？」

「ええ。まあ……」

「あらあ、おめでとう。それで、男の子？　女の子？」

「ええっと……、女の子です」

「そう。お兄さんはハンサムだから、さぞかし美人さんでしょうね」

無理矢理、笑顔を作って、そそくさとその場を去った。できるだけその話題に触れたくなかった。

元々、外出が好きではない母は、体調もすぐれず、いっそう家にこもるようになった。

百合子は親しい友人たちには思い切り甘えた。

結末も結論もない話を泣きながらしても、みんな根気よくそれにつきあってくれた。

中には妹がダウン症の人もいて、具体的な不安がいくつか取り除かれた。その際、『八日目』というフランス映画を勧《すす》められた。ダウン症の主人公を演じているのは、実際にダウン症の男性だという。彼はプロの俳優とのことだった。早速、Ａｍａｚｏｎで取り寄せてはみたけれど、怖くて見る気にはなれなかった。

ダウン症の子は性格が穏やかな子が多く「天使の子」と呼ばれている。珍しい症例ではなく、社会的認知がされていて、養護施設はたくさんあるし、国からの保障も手厚い。そういう状況も、友人たちから教わった。

街で子供を見かけると、考えてもしかたのないことをくよくよと悩んだ。今風のかわいらしいワンピースでおしゃれをして、お行儀よくパンケーキを食べている女の子を見ると、姪はどんな女の子になるのだろうと思った。

四十代の出産となると、ダウン症児が産まれる確率はぐっと高くなる。四十歳だと百人に一人、四十四歳だと百人に三人だともいう。

姪が産まれた時、百合子は四十一歳だった。もうこの先「出産」はしないのだろうと納得しつつあった。とりたてて子供が欲しいと熱望したことはなく、かといって、積極的に避けていたわけでもない。縁があれば産むかも、ぐらいの気持ちのまま、出産のリミットの年齢になっていた。

お金だけで解決できないことがあるように、愛情だけでは解決できないこともたくさんある。百合子は、「妊娠」や「出産」という言葉を自分の人生の中から追い出した。

兄は娘がかわいくて仕方がないようだった。障害がある分だけ、自分たちが守ってあげなくてはならないという気持ちが強いのだろうし、何より単純に愛《いと》おしいようだ。

「腕なんかさわると、ぷにぷにして気持ちいいんだよ」

「おれがのぞきこむと、にこにこって笑う。きっと安心してるんだよ」

そんなことをいう兄は、鎌倉の家の居間で、緊張した面持ちでダウン症のことを告げた時とはまったく違う、落ち着いた父親の表情だった。

「そういう子は親を選んで産まれてくるのよ」といった方がいて、兄夫婦をみていると、彼らこそ選ばれたのだと思った。

たまにしか会わない百合子は、姪の顔を見る度に、考え込んでしまう。

鎌倉に戻ってきてから始めたサーフィンが、前より好きになった。

波にゆられていると、世の中のすべてが自然なことと受け止められた。上手ではないから、波に巻かれ、水中でどちらが空でどちらが海底かわからなくなることもある。何度ももがいて、やっと水面に顔を出し、人間の存在の小ささを思い知らされるのだ。大きな海にとっては、人なんてすべてが似たようなもの。海の中ではそんなふうに思えた。

義姉が再び妊娠したという知らせがあった。姪が産まれてから、まだ一年ちょっとだ。兄は、なるべく早く味方を作ってあげたいといっていたけれど、まさかこんなに短期間のうちだとは想像していなかったので、驚いた。ダウン症の娘の育児の大変さもまだわからないのに大丈夫なのだろうかと心配もしたけれど、無謀な勇気に感動しながら呆《あき》れ、呆れながら感動した。

姪は翌春、広尾《ひろお》の病院に入院し、心臓の手術を受けた。心臓がうまく左と右に分かれておらず、それを分ける手術だった。小さな身体に麻酔《ますい》をかけ、メスを入れることを想像すると、胸が痛くなった。

出産の予定日が近い義姉は同じ病院の産科に入院していた。

お見舞いに行くと、広い病室の中、患者は姪一人だった。一日の大半を柵《さく》で囲われたベッドの中で過ごしているそうだ。百合子が行くと、声をあげて喜び、柵につかまって立ち上がった。

目の前で手を叩《たた》いたり、握手をしたり、イナイイナイバーをしたりして過ごした。あまりにはしゃぐので、予定時間をかなりオーバーした。百合子が帰ろうと荷物をまとめ立ち上がると、さびしそうな表情になった。柵につかまり手をふる。病室を出る時、まだ手をふり続けていた。

手術の後、小さな胸の左側には不自然な盛り上がりができて、痛々しかった。その三日後、姪には弟ができた。それも二人いっぺんに。

産まれてきたのは一卵性の双子《ふたご》だった。

双子に会いに、再び病院へと向かった。新生児室のガラス越しに二人の甥《おい》と対面した。瓜二《うりふた》つで、何度見比べてみても、どちらが兄でどちらが弟なのか、わからなかった。握りしめている手のこぶしまでそっくりだ。

そのことを聞いた、ある友人はうらやましがった。

「双子なんてうらやましぃ。ユリちゃんのお兄さん夫婦は、本当に神様に選ばれちゃってるんだねえ」

百合子と同じ歳のその友人は、三男二女の母親で、趣味は出産だと言い切っている。

「私、双子産んでみたくてしようがないの。五回も出産したのに、全部一人ずつなんて、効率悪いよ」

「あなたなら、もう一回ぐらいチャンスあるんじゃない？」

そんな冗談もいえた。

彼女は時々、

「ダウンの子、元気？」

とか、

「名前なんていうんだっけ？　ダウンの子」

とか、いう。

何かにつけ、会ったこともない姪のことを気にしてくれた。

「今度、お兄さんの子供たちとそのお母さんで、うちに遊びにくればいいのに。うちは子供が多いし、人手もあるから、息抜きになると思うよ」

彼女は何の遠慮もなく自然に「ダウンの子」というので、気が楽になった。

百合子はだんだんと姪の話題を避けることもなくなり、きっかけがあれば話すようになった。

六月に、知人の結婚披露宴が都内であり、その前に兄の家に寄った。子供たちと遊ぶために、ワンピースの着替えをケースに入れ、スウェットにTシャツ、すっぴんのままで行った。双子の弟たちは丸々と肥え、すでにお姉ちゃんより大きい。三人の子供がいる部屋は、音に満ちあふれていた。はしゃぐ声、おもちゃの音、TV画面から流れるアニメ、物が倒れる音、などなど。

姪は音楽とダンスが好きで、おもちゃの楽器を鳴らすと、手を叩いて喜び、リズミカルに身体をくねらせた。

もしかしたらこの子には音楽の才能があるんじゃないか。ふとそう思ってしまうのは、叔母《おば》馬鹿というやつだろう。

まだ「あ〜」とか「う〜」とかしか、発声することができないが、名前を呼びかけると、「はい」と返事する代わり、勢いよく片手をあげるようになった。周りよりは歩みは遅いかもしれないけれど、彼女は確実に成長をしているのだ。

披露宴の時刻が近づき、寝室を借りて、ジバンシイのワンピースに着替えた。化粧を始める頃、姪がハイハイで部屋に入ってきた。化粧をする様子を、不思議そうにのぞき込んだ。

靴下を脱いだ百合子の足の指にはまっ赤なペディキュアが施されている。彼女はそれを指差して、嬉しそうに「うー」「うー」といった。赤い爪を初めて見たのだろう。それに反応するなんて、やっぱり女の子だなあと思った。

脱衣場でドライヤーを借りていると、姪は手をふり始めた。バイバイ、とでもいうように。兄がいった。

「ああ、それね、おれが出掛ける時にドライヤー使うから、この人帰るんだってわかったんじゃない」

ドアが閉まるまで、手をふり続けてくれた。彼女は精いっぱいの動作で自分の心を他人に伝える。

姪は三歳になり、公立幼稚園に入園した。まだ言葉をしゃべれなかった。

百合子の母はそんな状態で入園していじめられないかと気をもんだが、兄夫婦はなるべく早く世の中に慣《な》れさせようと、入園を決めた。入園式には百合子も出席した。おろしたてのように真っ青な空の、よく晴れた日だった。彼女が産まれた頃、青空を楽しむ余裕さえなかったけれど、今は空の青さに勇気づけられる。

幼稚園の隣は小学校で、校庭の桜が美しかった。青い空の下、白い花びらが遠慮がちに舞う。その景色は春という季節の豊かさを物語っていた。

紺色のワンピースに、白いレースのカーディガンを羽織った姪は、同級生たちの中に交じると、あきらかに小さかった。子供の中に動くお人形が交じっているみたいだ。上級組の男の子に手をひかれて、おとなしく教室に入っていった。

記念撮影の時、じっとしていられるかと心配だったけれど、姪はにこにこしながらちゃんと座っていた。隣の男の子が、何度も「ママ〜」といって、列から飛び出してしまい、記念撮影にはかなり時間がかかった。その間も、彼女はお行儀よく待っていた。

新宿という土地柄か、いろいろな国の人がいて、多種多様な言語が聞こえた。韓国人、中国人、中には、サリーをまとったインド人の母親もいた。

週末にDVDを整理していたら、忘れかけていた『八日目』が出てきた。ダウン症の妹を持つ知人に勧められたフランス映画だ。

物語は、仕事の忙しさにかまけていた挙げ句、妻に娘たちを連れて出ていかれたビジネスマンが、運転中のふとした出来事で、施設から脱走したダウン症の男をクルマに乗せることになり、つかの間の行動を共にする、というものだ。

主人公であるダウン症の男は、惚《ほ》れっぽく、行く先々で出会ったばかりの女性（ブティックの店員、ウエイトレス等々）に愛をささやき、その度に戸惑われる。恋とも呼べないほどの恋が破れる度に、床を転げ回り、思い切り声を発し、あふれんばかりの悲しみを表現する。

親身になって面倒をみてくれていた母親は四年前になくなっていて、施設にいるしかないのだが、彼は施設の生活に戻りたくない。そこでビジネスマンに送られ、姉一家を訪ねる。姉には「私たちには私たちの生活がある」といわれ、拒否されてしまう。彼を力ずくで追い出そうとする姉の夫は、後ろを向いてから涙ぐむ。

惚れっぽい主人公の男が本当に好きなのは、同じ施設のやはりダウン症の女性である。最後のほうで、二人はキャンピングカーの中で結ばれる。その時のやりとりを聞きながら、はっとした。

「だめよ」

「何が？」

「分かるでしょ？　セックスよ」

「誰がいった？」

「パパよ」

「パパだってやったのに」

主人公以外にも、実際にダウン症の人たちがたくさん出演している。彼らが集団で街を練り歩く様子はすがすがしかった。生きていることを全力で肯定している姿だった。見てよかった、と思った。


夏休みに、兄の一家が鎌倉の家に遊びに来た。姪や甥たちにとって、初めての遠出だった。

目に映るものすべてがめずらしいらしく、笑い声をたてながら這《は》い回ったり、おぼつかない足取りながらもそこらじゅうを走り回ったりする。段差の多い日本家屋では、見ているだけで緊張した。目を離すと、裸足《はだし》のまま庭に出て草を抜いたりもする。

一人が座敷《ざしき》の障子《しょうじ》に穴をあけると、その音や紙が破れる様子がおもしろかったのか、競うように障子に指を突き入れ始めた。その度に、三人は歓声をあげ、百合子は頭の中で修理代を計算した。

義姉は、三人のオムツを替え続け、ミルクを飲ませ続けた。オムツとミルクの間に、なんとか自分の食事を済ませる。子供に慣れていない百合子は、毎日がこれの繰り返しだと想像しただけで疲れてしまうほど、めまぐるしい。

三人でじゃれあっているかと思うと、誰かが突然泣き出したりする。楽しそうに遊んでいても、次の瞬間は誰かが誰かの髪を引っ張ったり、おもちゃを取り合ったりする。絶えず、笑い声か泣き声かもしくは両方が部屋じゅうに響き渡っていて、いつまでも頭の中でそれがこだました。三人でひとつの集合体だった。兄がとにかく早くに弟か妹を、といっていた理由がわかった。

目の前のことに気を配っていないと誰かが怪我《けが》をしそうで、夕飯のメニューを考える暇《ひま》もない。兄はノートパソコンを持って近所の喫茶店に出かけ、義姉が洗濯《せんたく》をしている間、百合子と母で三人を見ることになった。

双子の弟たちがおもちゃの奪い合いから喧嘩《けんか》になり、二人とも天井が割れそうな勢いで泣き出した。百合子と母はうろたえ、お菓子をあげたり「高い高い」をしてあやしてみたが、さらに大きな声で悲しみ叫ぶのだった。途方に暮れていると、さっきまでの絶叫が嘘《うそ》のように、ぱたっと泣き止み、仲良く遊び始めた。百合子はこの十分間で、目の下のクマが濃くなった気がした。

洗濯機のある脱衣場から義姉が戻ってきて、姪の所在をたずねた。弟たちの喧嘩に気を取られていた隙《すき》に、居間からいなくなっていた。母はその場に座り込んでしまい、義姉が顔をこわばらせて庭に出ていった。庭からは姪の名前を呼ぶ声がする。百合子は座敷や台所やトイレを捜《さが》したけれど、姪はいない。台所と裏庭の間にある三和土《たたき》にもいなかった。不安が押し寄せ、胸が痛くなった。

義姉の声が遠くなっていく。庭から通りに出たようだ。百合子は急いで階段を駆け上がった。二階には鍵《かぎ》がかかる自分の部屋と両親の寝室の他に、ふだん使っていない座敷がある。

そこから、楽しそうな笑い声が聞こえた。姪は、ほこりっぽい座敷で、古い障子に指を刺したり抜いたりして、遊んでいた。百合子は、思わず抱き上げて、彼女を叱《しか》った。

「もう〜、勝手に二階に来ちゃだめじゃないの。心配したんだから」

一瞬だけきょとんとした顔になって、姪は百合子の頬を小さな手でなで始めた。やさしい感触だった。百合子はやっと自分の涙に気がついた。

あるがままを受け入れる。簡単に思えて、意外とむずかしいけれど、生きていく上でとても大切なことだと、小さな姪に教えられた。

絶対に出産なんてしない、なんて決めつけていた自分が恥ずかしかった。妊娠したら産めばいいし、機会がなかったとしても後悔する必要もない。ないものばかりを捜《さが》す毎日はつまらないし、手にしたらきっと他のものが欲しくなる。
あるがままに。
くったくのない姪の笑い声が、蟬《せみ》の声と重なった。

第八話　昨日の運命

いくら考えても、正解はない。

それでも桜子《さくらこ》は考えずにはいられなかった。がらんとした部屋で一人、さまざまな状況を想像し、自分のとるべき行動を捜してみた。不安の中でおぼれそうになった。つけられる照明はすべてつけた。それでも、まだ部屋が暗い気がした。

妊娠十六週目だった。もうお腹も出始めていて、会社では周囲が何かと気づかってくれる。シングルマザーになろうとする桜子を、心の底では否定的に思う人もいるだろう。けれど、誰もそんなことは態度に出さず、とまどいながらもありったけの善意を差し出してくる。桜子はそれに甘えた。出産することは世の中にとって正義なのだと感じた。

テーブルの上には医師から手渡された書類が置かれている。羊水検査の申込書だ。高年齢出産の場合はたいてい、受けるかどうかの意思を確認される。胎児の染色体異常を調べる検査である。三十五歳を過ぎた辺《あた》りから、異常の確率がぐんと高くなるという。ついこのあいだまで、妊娠は自分の人生にまったく関係のない項目だったから、知らないことだらけだった。検診に行く度に、何かしら新しい現実を突きつけられる。

今日、医師から羊水検査についての説明を受けた。ひとつの言葉も聞き漏らさないように集中し、わからないことは何度も説明し直してもらった。それでも、たくさんの疑問が頭の中に残っている。この検査は義務ではない。まわりくどいいい方だったが、医師はそれを強調した。異常が見つかっても中絶をうながすものでもない、ともいった。

誰にでもある可能性を告げられただけなのに、心が痛くてしかたがなかった。矛盾しているようだが、検査を受けようとしている自分が許せない。もし障害を持って産まれてくるとわかったら、その時、どうしようというのだろう。

自分がこわくなった。

思うような結果でなかったとしたら、育てる自信も、産まない選択をする自信もない。桜子には、相談する相手もいなかった。両親は、未婚のまま出産をしたいといったら、言葉を失った。反対はしていないものの、不毛な相談をして、これ以上の心配をかけたくなかった。

身体の中に新しい命があるという事実は、桜子に大きな勇気を与えてくれたが、時々、それがきれいに裏返った。何かとんでもない間違いをしている気になる。自分自身に飲み込まれそうだ。四十年も生きてきたのに、こんなに自分が強いなんて知らなかったし、こんなに自分が弱いなんて知らなかった。

検査を受けるにはひとつ問題があった。検査の申込用紙の署名捺印《なついん》の欄だ。受診者本人以外に配偶者の名前を書き込まなければならない。医師は、未婚の場合でも、父親には「知る権利」があるのではないかという。その言葉は、桜子の胸をえぐった。

子供の父親にあたる岩瀬友也《いわせともや》に、妊娠の事実を告げていなかった。たった二回、それもほとんど酒の勢いのことだ。その後、メールのやりとりは続いたが、桜子から自然消滅を仕向け、最近はほとんど連絡をとっていなかった。まだ二十六歳の岩瀬に、一回り以上も年上の女との戯《たわむ》れの結果を押し付けるのは申し訳ないと考えるのは、傲《ごう》慢《まん》だろうか。頭の中でいろいろなことがぐるぐると回り、最後は同じ場所に戻ってくる。

妊娠前はほとんど毎晩、寝る前に酒を飲んでいた。アルコールの力を借りずに眠りにつくのはむずかしいと思っていたが、とにかく身体が疲れる。この夜も、ベッドに入るとすとんと音がするぐらい、すぐに眠りに落ちた。

　翌日も、定時に出社をした。けれど、あと数ヵ月で産休に入る桜子に、前のように緊迫感のある業務はなかった。それを寂しく思うのは欲張りだろう。デスクに座り、仕事に熱中するふりをするのはめんどうな作業だった。

　昼休み、桜子はメールか電話か迷って、結局、相沢伸裕《あいざわのぶひろ》に電話をかけた。しばらく無機質なコール音がしてから、相沢が出た。なめし革を思わせる、まろやかな声。話すのは半年ぶりだろうか。懐かしい声だった。

「久しぶりだね。最近、音沙汰がないからさ、どうしたのかなあって、考えてたところだよ。どう、元気？　変わりない？」

「まあね。突然で悪いんだけど、近いうちに時間くれないかな？」

　これぐらいのわがままはいってもいい間柄だと思う。

「いいよ。明日でも明後日でも」

「今日は……、無理だよね？」

　桜子には時間がない。

「今日かあ。部の奴らと飲みにいくことになってんだけど、まあ、大した約束じゃないから、いいよ、桜子を優先させるよ。あ、そうだ、最近気に入ってる和食屋があってさ。そこ行こうよ。日本酒もたくさん揃ってるし、めずらしい焼酎もあるんだ。どう?」

酒を飲めないことは、会ってから伝えればいい。

もしかすると相沢は、今夜だけでも、前のように甘ったるい関係を期待しているのだろうか。夕方になる少し前、相沢から店の名前やアドレス、電話番号がメールで入った。

乃木坂《のぎざか》のはずれにあるその店は、確かに相沢が好みそうな、趣味の良い落ち着いた雰囲気だった。まだ、開店して間もないのか、すがすがしい木の匂いがする。湯豆腐に焼き唐辛子《とうがらし》、いわしの酢煮やそぼろご飯などのオーソドックスなメニューから、トリュフオムレツやネギソースのパスタといったものもあった。

相沢はすでにビールを飲みながら待っていた。桜子が席に座ると、女将《おかみ》がさっとグラスを持ってきた。

「あのう、私、ウーロン茶をいただけますか?」

「かしこまりました」

相沢が不機嫌そうな声でいった。

「どうしたのよ」

「今ね、私、お酒飲めないんだ」

「なんで？　体調悪いの？」

「ううん……。そういうんじゃないから、安心して。けっこうお腹すいているから、トリュフオムレツが食べたいな。最近、これ出してるお店、何軒かあるわよね」

「ここのはトリュフがたっぷりかかってて、すごいうまいよ」

桜子がわざとらしく話題を変えると、何の屈託もなくそれに合わせてくれる。こういう素直さが魅力でもあり、腹のたつところでもあった。

相沢がビールを日本酒に切り替えて少したった頃、桜子は切り出した。

「ねえ、話があるんだけど……、驚かないでくれる？」

「もう、何があっても驚かない年齢じゃないの、我々は」

「七歳も上の人にいわれたくないな、我々って」

「四十過ぎたら同世代みたいなもんだよ」

男は歳をとればとるほど、年齢を大雑把に考えられるようになるのだろう。桜子ぐらいの年齢の女はそうはいかない。一日一日、産むための可能性と戦っているのだ。少しのあいだ、ぼんやりとして、そんなことを考えた。相沢はリズミカルに箸《はし》とお猪口《ちょこ》を動かしている。

「なんなの、話って。もしかして、結婚……とか？」

「う……ん。ちょっと違う」

箸の動きが止まった。

「違う？　ちょっとって」

「あのね、私、妊娠してるのよ」

「え……、妊娠って誰の子？」

口をついて出たのが、その言葉だった。

相沢と桜子がつきあっていたのは、もう八年近く前である。妻子のある相沢との恋愛は桜子からいろいろなエネルギーを奪っていき、同時に別の種類のエネルギーを与えてもくれた。あまりにも濃い時間だったために、そう長くは続かなかったけれど、今でも血の繋《つな》がらない親戚のような関係だ。思い出したように連絡をとりあい、おいしいものを食べ、酒を飲んだりする。時々、相沢が誘ってくることもあったが、桜子はその度にやんわりとかわした。そうすると、相沢はあっさりあきらめる。

つきあっている時、桜子との恋愛を大切にするあまり、相沢はたくさんの嘘《うそ》をついた。そのために相沢は桜子に返しようのない借りを背負っている状態だった。二人にしかわからない、心の貸し借り。今回、それを利用しようと思った。

「あなたの子かも」

「つまんない冗談よせよ」

「だよね。ごめん」

桜子は、妊娠までのみっともない、ほんのわずかなエピソードを気楽に並べた。話すことで少しずつ気が楽になった。相沢は無表情でそれを聞いていた。病院で羊水検査を勧《すす》められたことも、それに対する葛藤も話した。日本酒を一口飲んでから、慎重な口調で相沢はいった。

「でも、新しい命がいるんでしょ、そのお腹の中には。あー、こんな時、きれいごとしか思い浮かばないもんなんだなぁ、昔の男なんて。そんなんじゃや、まったく役に立たないよね」

「そんなことないって。聞いてくれるだけでも嬉《うれ》しいよ。何しろ、相手には内緒のシングルマザーだもん」

できるだけ、おどけた口調でいった。相沢は黙ったまま、うつむいた。桜子のいい時期をついばんだことを、相沢なりに申し訳なく思っているのは知っていた。相沢とつきあっていたのは女としていろいろなバランスがとれている頃だったし、子供を産むのにも適した時期だった。

それをないがしろにしたのは相手のせいではない、相手を受け入れた自分の責任だ。桜子はそう考えていたが、うらみがましく思うことがないわけではない。

「ねえ、このあいだも、私に悪いことしたと思うって、いってたよね」

「まあ……、うん……」

「今だって顔に書いてあるよ。こんなこと、話しちゃったからかな。ほんとにあなたは顔に出やすいね」

「……、はい」

「ね、それなら、ひとつだけ私に協力してくれない？」

そういって、羊水検査の書類を取り出した。相沢の表情はさらに固まった。ほんの形式的なもので、連絡がいくことはまずないと強調した。相沢は考える時間が欲しい、といった。

三日後に署名捺印をした書類を渡してくれた。

重美《しげみ》は、鏡に映る自分の素顔をゆっくりと眺めた。ていねいに化粧水を叩《たた》き、下地クリームをつけ、むらにならないよう注意しながら、少し薄めにリキッドファンデーションを塗った。

これから、大学時代の友達である桜子とランチの約束がある。きちんと化粧をすることで、前向きな気持ちになりたかった。若い頃は、サークル仲間の五人で定期的に食事をしていた。他の三人が結婚して子供ができると、どうしても話題は子育てが中心だ。次第に、桜子と重美だけで約束をするようになった。

夫の勝成《かつなり》は呉服屋を経営している。勝成で五代目の老舗《しにせ》である。その妻となるとそれなりにつきあいもあって、仕事が忙しい桜子となかなか時間が合わず、会うのは久しぶりだ。

電話では時々話していた。

「こういうこと、重美には会って話したかったんだけど……」

そういって、妊娠の事実を教えてくれたのは数週間前。聞いた時、胸の奥がきゅっと音をたてるように縮こまった。驚いたし、取り残された気にもなった。結婚はせず、未婚のまま子供を産むつもりだという。桜子らしいと思った。

でも、正直いって、なぜ、という思いは今日まで拭いきれていない。チークを塗りながら、これまでの不妊治療のつらかった場面を思い出した。望んでいなかった桜子がほとんど偶然のように妊娠して、あんなにエネルギーも時間も金も使った自分にどうしてできなかったのだろうか。

桜子をよく知っている勝成には、そのことを伝えずにいた。同居している義理の母の町子《まちこ》に知られたくなかったからだ。未婚のまま産む友人を、冷ややかに批判するだろう。

リキッドのアイライナーをいつもより強めにひいた。昼にしては少し化粧が濃いだろうか。けれど、今の自分にはこれぐらいがちょうどいい気がする。

それにしても、と重美は思う。

うちの呉服屋はどうなるのだろう。

「百年以上続いてきた暖簾《のれん》も勝成の代で終わるのかしらねえ。ご先祖さまに申し訳ないわ」

重美が不妊治療を始めた頃、町子はこんなことを口にするようになった。聞く度に吐き気がするほど腹がたったが、今は自分も同じことを考える。

店は誰が引き継いでくれるのだろう。

この先万が一、子供ができても男の子とは限らないし、男の子だからといってすんなり呉服屋の跡継ぎに収まってくれるかどうかもわからない。それなら、いっそ女の子で、入り婿のほうがいいのかもしれない……。でも、もう自分には妊娠の可能性はないだろう。

いくつもの仮定が頭の中を回り、ふと我に返る。

——私は何のために子供が欲しかったの？　暖簾のため？　町子のため？　自分の分身が見たいから？　それとも、老後が寂しいから？

何かのためではなかった。

子供が欲しい理由を捜すなんて、おろかなことなのに。わかっていても、つい捜してしまう。

桜子の電話で、なるべく見ないようにしていた問題が、また目の前に突きつけられたのだった。

こんな濁った心の内側を、桜子には見せたくなかった。不妊治療のあれこれは話していないけれど、重美が子供を欲しがっていることは、彼女も知っていた。だから、自分の妊娠を告げる時も、言葉を選び、慎重に話しているのがわかった。

ダイアン　フォン　ファステンバーグのワンピースを選んだ。ピンクと黄色の大きな格子柄で、ラップ型のデザインのものだ。出掛ける時、町子が大げさな口調でいった。

「あらまあ、重美さんはいつも華やかでいいわねえ」

「ありがとうございます。お義母《かあ》さん」

つい、よそよそしい口調になってしまう。

桜子がとってくれた店は、乃木坂にあった。オープンして間もない和食屋だという。紺《こん》色の紬《つむぎ》を着た仲居《なかい》に桜子の名前を告げると、個室に通された。ほどなくして、桜子もやってきた。

想像以上にお腹が丸くなっていた。顎《あご》の辺りもずいぶんふっくらしたが、それがゆるやかな女らしさをかもし出している。以前の彼女には足りなかったものが、今は匂い立つように漂っていた。いつだったか、フレンチ・レストランでランチをとった時、子供が騒いでいるのにおしゃべりに夢中の主婦たちに、桜子が文句をいったことがあった。正義感とか勇気とか、自分にはないそういうものをふんだんに持った彼女が好きだ。

桜子は胸の下に切り替えのあるAラインのマタニティウェアを着ていた。胸もずいぶんと大きくなった。全身から母性があふれている。

「きれいになったね、桜子」

「またまたあ。まだ五ヵ月だっていうのに、七キロも増えちゃって、やばいのよ、私」

「それぐらいふっくらしているほうがいいわよ。なんていうの、母って感じがして」

「そーかなぁ」

桜子は自分が放っている輝きに無頓着だった。そのことが、少しだけ重美を落ち込ませる。

二人はお茶で乾杯した。次々と盛り付けや器にも凝《こ》った料理が運ばれてきた。妊娠までのエピソードには驚かされた。桜子にそんな大胆なところがあるとは知らなかった。

重美が素直にそういうと、桜子はこともなくいった。

「大胆なんて、大げさよ。一人暮らしでがんばって仕事してると、時々ふっとエアポケットみたいな時間ができちゃうのよね。そこに、するっと入ってこられちゃったわけ。若い男の子に。女だろうが男だろうがわりとあるんじゃないかな、そんなこと」

重美はエアポケットのような時間に軽い憧れを抱いた。家にはいつも町子がいるから、絶えず自分がどう見えているか、気にしてしまう。きっとエアポケットのような時間の中にいれば、自分なんて忘れられるのだろう。

「桜子、ほんとにがんばってね。今時はシングルマザーなんて、そう珍しくもないんでしょうけど」

「と思うでしょ？　でもね、実際になってみると、まだまだよ。うちの会社なんて、そんなにお堅いほうじゃないはずだけど、風当たり強いったらないんだから。これからいろんな偏見と戦っていかなきゃ。それに……」

桜子はいったん言葉を切って、ふうっとため息をついた。

「病院の書類だって、何かというと父親の署名の欄があるのよ。ちょっとした検査とかさ。子供は女親だけじゃできないから、当たり前といえば当たり前なんだけど、その度に落ち込むし、ちょっと怯えた気持ちにもなる。もしこの子が無事に産まれてきたとしても、大人になるまで、しょっちゅうこういうことが続くのかな、と思うとやっぱり不安よ」

それから、二人とも黙ってしまった。

藍染《あいぞ》めの皿に盛られた鯛《たい》の刺身が手つかずのまま、すっかり乾《かわ》いてしまっている。酒の肴《さかな》にぴったりの品々が並んだ横には、ほうじ茶の入った湯のみ。箸置きは透明なガラスだった。重美は桜子の気持ちを軽くしてあげる言葉を捜したが、なかなか見つからなかった。

「いくら不安があっても一人で産もうとするんだから、やっぱり母性の力ってすごいのね。桜子の赤ちゃんが産まれたら、私ものすごいかわいがっちゃいそう。ブランドもんの子供服買ってあげちゃったりして」

「気が早いなあ。まだ、無事に産まれたわけじゃないのよ」

重美はくすくす笑いながら、同時に泣きそうになった。なぜ、私にはできなかったの？　その疑問が頭の中をかけめぐる。涙をこらえ、鯛の刺身に箸を伸ばした。そんな心中を察したのか、桜子が少し身を乗り出し、重美の顔をのぞき込んだ。

「ねえ、私が妊娠したんだから、きっと重美だってだいじょうぶよ。だいたい私のほうが七ヵ月も誕生日、早いんだから。妊娠した私がいうと、むかつくかもしれないけど、こういうのって、ある日突然やってくるものかもよ」

「ごめん……、ごめんね。桜子をはげまそうと思って来たのに、逆になっちゃった」

重美は涙を見られないように、あわてて化粧室に行った。

鏡に映る自分の顔を見つめた。シミを数えていると、なんとか涙は収まった。桜子の気遣いがわかるからこそ、みじめになる。みじめさは人の心を簡単に、醜くゆがめてしまう。

——ある日突然っていつ？　私は、そのある日をどれぐらい待ち続けたと思ってるの。これだけやって来ないんだから、そんな日は、永遠に来ないのよ。

何度も自分にいい聞かせた事実を、他人の言葉で裏返されるのはやりきれない。そして、裏返されたほうを、信じようとしてしまう自分がまた許せないのだった。

用を足す時、下着が汚れているのに気がついた。ここ数ヵ月、生理の周期が乱れている。ずいぶん早くきたと思うと、一日二日でぱたりと終わってしまったりする。おかげで生理用品を常に持ち歩くようになった。

更年期なのだろうか。不妊治療をがんばり過ぎたせいで、身体に予想以上に負担がかかってしまったのかもしれない。

それとも……。

言葉にできないほど小さな違和感が身体にはあった。負の直感というべきか。打ち消そうとすればするほど、不安が大きくなる。

デザートは梅のゼリーだった。事務的にスプーンでそれを口に運ぶ。うっすらと甘いそれは多分おいしいはずなのだろうが、重美は味わう余裕がなかった。

その後も数日間、重い鈍痛が子宮の辺りに張り付いたままだったので、病院に行った。かかりつけの個人病院ではなく、念のため、大学病院の婦人科を選んだ。心の中で「もしかして」と「まさか」がぶつかりあう。

MRI検査で白い影が見つかり、病理検査を受けた。結果が出るまでの数日間は何を食べても味がしない気がした。

結果は「子宮体癌《たいがん》」だった。

医師に告げられても、不思議と涙は出なかった。悲しかったが、同時に、かちっと音をたてて何かが収まった。パズルの最後のピースが見つかったような、といったらいいだろうか。状態はステージIの後期だった。子宮を摘出してしまえば、生命の危機はほぼないらしい。

「だいじょうぶ、これぐらいなら、きれいに取れますよ。心配はありません。発見が早くて良かった」

知らない誰かのことを説明されているような気がする。

「子宮、全部とるんですか？」

「再発や転移のことを考えると、全摘をおすすめします」

子宮がなくなって、命は残る。命は残っても、妊娠の可能性はなくなる。自分の生存よりも、それがひっかかった。自分が死ぬかもしれないということが、現実のこととは思えなかった。

その夜、勝成と町子にそれを告げると、二人とも声をあげて泣いた。二人の嗚咽《おえつ》を聞いていると、やっと大きな悲しみが重美を包み込んだ。町子はしゃくりあげながら、いった。

「いい？　気持ちをしっかり持つのよ。あなたは生きなきゃ。まだ若いんだから」

桜子が羊水検査を受けたのは、もうすぐ十八週になろうとする時だった。中絶をするのであれば、二十一週までに行わなければならない。それ以降だと「殺す」という行為になるのだという。結果が出るまでの時間を考えると、ぎりぎりの時期だった。

診察室のベッドに横になり、お腹を消毒される。ひんやりした感触。心の底にこびりついている恐怖がさらに大きくなった。この検査には流産の危険性がある。連続写真のように負の可能性ばかりが現れては消え、消えては現れていくのだった。

ちくっと針が刺さった瞬間は、思わず声をあげた。いろいろな作業が事務的にすめられていった。注射器に吸い込まれた羊水を、一瞬だけ目にすることができた。今までに見たことのない色。濁った金色、といったらいいだろうか。

検査はほんの十五分ほどだったが、桜子には長く感じられた。

実際に検査を受けてしまうと、気持ちは落ち着いた。文字通り「腹をくくった」という心境になった。相沢にお礼のメールを入れると、「酒が飲めるようになったら、おごってよ」という短い返信がきた。タクシー代でも借りたような軽い言葉にやさしさを感じた。

結果は異常なし。身体じゅうの力がぬけ、思わず涙が出た。くよくよ悩んでいた自分が情けない。子供のようにしゃくりあげる桜子を見て、年配の看護師が笑いながらいった。

「あらあら。安心しちゃったのねぇ。でも、ほんとに大変なのはこれからよ。産まれてからはもう、泣いてる暇《ひま》もないぐらいなんだから」

桜子はハンカチを手にして、何度もうなずいた。何をこわがっていたのだろう。

帰宅して、母に電話をした。検査を黙っていたことを叱《しか》られた。お産には立ち会うというので、驚いた。つい、嫌味が口をついて出てしまう。

「世間体ってやつは、いいわけ？」

「そんなことといってる場合じゃないでしょう。あのね桜子、あなたは確かに優秀だけど、世の中には一人だけじゃ出来ないこともあるのよ。そろそろ、それを認めなさい」

「そんなこと、わかってるけど……」

もう少し素直になれたら楽なのに、と自分でも思う。

母との電話を切っても、誰かに聞いて欲しくなった。もっとも気軽に何でも話せるのが重美だけれど、今の彼女に妊娠のあれこれを聞かせる気にはなれない。この妊娠がなかったら、きっと自分たちは、以前と変わらず屈託のない時間を過ごすことができたのだろう。そう思うとさびしかった。

そんなさびしさも手伝って、相沢に電話をしてしまった。

「今日、検査の結果が出たんだ……。異常なしだって」

「そう。良かったな」

「うん……。名前貸してくれて、ありがとね」

「ああ、それはまあいいとして……」

「いいとして、何？」

「ほんとの父親に教えなくていいわけ？」

返す言葉がなかった。相沢は淡々とした口調で続けた。

「何が正しいのかなんてわかんないけど、でもさあ、知らないあいだに自分の子供が産まれてるなんて、どうなんだろう。おれがその男だったら、やっぱり知りたいね。知ってどうするとか、何ができるとか、そういうことじゃなくて。あなたの決意は勇気あるものだし、尊重もしますよ。でもなあ、うーん、知る権利ってやつがさ、あるんじゃないのかな。その男にも」

相沢の言葉がいつまでも頭に残った。ベッドに入ってからも考え続けた。けれど、妊娠前のように考え事をしていると眠り損ねてしまう、というようなことはなく、答えが出ないまま、いつの間にか寝てしまった。

岩瀬は、桜子と同じビルに通勤しているサラリーマンだ。妊娠がわかってからの数ヵ月、エレベーターの前で二度ほどみかけたが、桜子はとっさに隠れた。罪悪感と正義感とが同じだけあって、もうひとつ格好つけて付け加えるのなら、プライドというか意地のようなものが自分をそうさせた。

相沢の言葉を噛みしめ、自分の「知らせる義務」について考えた。とにかく一度会おうと思った。子供の父親の顔を見ておかなければ。結論は会った時に決めればいいじゃないの。そんなふうに、自分に対して鷹揚でいられることに驚いた。

——久しぶり。元気？

短いメールを送った。すぐ返信がきた。

——これはめずらしい！　なんとかかんとか、やってまーす。

——たまには、お茶でも飲まない？

——いいっすね！　お茶でもお酒でも。

邪気のない返信に心の端がちくりと痛む。

次の日の終業後、向かいのビルの高層階にあるホテルのラウンジで待ち合わせた。なるべく下腹部が目立たない、ふんわりしたブラウスを着ていった。桜子は少し早めについた。ふかふかのソファに腰を下ろす。全面がガラス張りになった壁の向こうには、暮れていく東京があった。四十五階から眺める東京は、心が置いていかれそうになるほど広かった。

隣では、いかにも高そうなスーツを着た白人男性のグループ。英語ではない外国語で話している。その奥は、長い脚を見せびらかすかのようなミニスカートを穿《は》いた女の子が三人。モデルかタレントだろうか。

岩瀬は遠慮がちに周囲を見回しながら、こちらにやってきた。こんがりと日に焼けている。そういえば、最初に会った時、サーフィンが趣味だといっていたのを、今になって思い出した。健全な若さが平凡な外見を生き生きとしたものに見せている。

「やー、こんなとこ来たことないから、緊張しちゃいますよ」

はしゃいだ口調でいいながらソファに座った。メニューを開いてその値段にまた驚いている。

「ここでコーヒー二杯飲んだら、桜子さんのとこの店でパスタとサラダが食べられちゃいますね」

「たまにはいいじゃない。私はホットミルクにする」

「ホットミルク？　かわいい注文ですね。ぼくは、普通にコーヒーで」

少しのあいだ、ぎこちない会話が続いた。途切れた時、岩瀬がいった。

「実はぼく、転勤するんですよ」

「転勤……。どこに？」

岩瀬は中堅どころの不動産会社に勤めている。

「福岡です」

「そっか……」

「桜子さんからメールもらえて、良かった。一応、報告したかったんですけど、なんとなく、メールとかしたら迷惑なのかなあと思ってました」

「そんなことないけど」

「だって、何度メールしても返信くれなかったじゃないですか。ぼく変なことしちゃったのかなって、けっこう悩みました」

「いろいろ忙しくて」

「またまたぁ」

岩瀬の声がうわずっている。今が、知らせる瞬間なのだろうか。

「あのね……」

「もひとつ……」

二人の声が少し重なった。

「ごめんなさい。何？」

「いや、もうひとつ話しておきたいことがあって。そのう、ええっと、ぼく、結婚することになりました」

「あ……、そう」

「会社の同期の子です」

「それは、おめでとう」

オレンジ色の空が紺色に染まっていくのが、岩瀬の背中越しに見える。はじめて住む土地への不安もあって、つきあい始めたばかりの恋人と結婚することに決めたらしい。でき婚とかじゃないですよ、と照れくさそうにいった。

「何か、お祝い贈るわね」

「いいえ。そんな」

少し考えてから、桜子はいった。

「そうね……。新しい住所、私は聞かないほうがいいかな」

岩瀬は返事を濁した。桜子は残り少なくなったホットミルクに茶色い角砂糖を入れ、口に運んだ。すっかり冷めてしまったミルクは、思った以上に甘かった。岩瀬のカップのコーヒーはほとんど減っていない。空はあっという間に夜の色になった。

「なんで、急にメールくれたんですか？」

「別に。ただ、なんとなく。暇だったから、かな」

「そうなんだ」

表情には、安堵《あんど》と落胆が入り交じって見えた。

会計を済ませ、岩瀬と別れてからビルの外に出ると、さっきまでの夕焼けが嘘のように激しい雨が降ってきた。タクシーを拾い、自宅の住所を告げる。アスファルトを叩き付けている雨を見ながら、桜子は身体の内側に力強いものがわきあがってきた。

お腹の子供の母親は自分であり、父親もまた自分なのだ。この子が産まれるきっかけをくれた岩瀬が、健全な男で幸せそうだということに誇りを感じた。ほんの少しウインドウを下げ、雨の音を聴いた。バックミラー越しに、運転手が迷惑そうな表情を見せたが、気にしなかった。

岩瀬には告げない。相沢にも甘えない。重美とは、きっと違う形の関係が築かれていくのだろう。桜子はずっとこの雨音を聴いていたい気分だった。

私はちゃんと生きている、と重美は思った。麻酔《ますい》が切れたようで、身体の内側が痛い。

意識はぼんやりとしているが、視界はいたって鮮明だった。誰かが強く自分の手を握っている。目が覚めたばかりだというのに、眠くてしかたがない。どうやら手を握っているのは勝成らしい。実家の母の顔も見えた。町子はいなかった。

「重美、手術は完璧だって。全部、とれたって、先生がいってたよ。他への転移は、なかったって。良かった。ほんとに、おめでとう」

勝成は、大きな声でゆっくり話してくれた。時々、その声が遠くで聞こえたり、近くなったりしたけれど、話している内容は全部わかった。下腹部の辺りがじんじんする。そうだ、子宮を全摘出されたのだ。やっとそれを思い出した。夢と現実のあいだをいったりきたりしている気がした。母がストローで水を飲ませてくれる。口の中はからからに乾いていて、飲んでも飲んでも、すぐに乾いてしまう。首を横に向けただけで、下腹部の辺りに響くような痛さがある。

勝成と母に何か話しかけられたが、また意識があやふやになって、途切れ途切れの記憶の中に迷い込んだ。

手術の前、麻酔注射を打たれた時は本当に怖かった。目に見えるものすべてが輪郭を失っていき、身体じゅうの感覚が頼りなくなって、そのうち自分の存在が消滅してしまう気がした。恐怖で涙が止まらなかった。生きたい、と強く思った。まだここにふんばっていたい。

こうして、今、自分は生きている。あの恐ろしい焦燥感から抜け出した。そのことが不思議な気もする。ちゃんと、勝成の手の温もりを感じられ、水を欲して飲むことができる。町子が病室に入ってきたようだ。御礼とお詫びを伝えたかったが、思うように口が動かなかった。

昼と夜の区別がついて、やっと「一日」という感覚が戻って来たのは、手術から二日ほどたってからだった。退院はまだ先。日にいくつかの検査を受け、それ以外は身体に管をつけたまま、ただベッドに横になっていた。テレビをつけても騒々しさにうんざりするだけで、本や雑誌を読むと、ほんの少しの時間でも疲れてしまい、すぐに放り出した。

考え事ぐらいしか、することがなかった。

──もう私の身体には子宮がない。

改めて、そう思った。

胸は手術前と同じように丸くふくらんでいるし、細い顎も華奢《きやしや》な指もそのままなのにこの身体はもう女ではない、のだろうか。そんな言葉を自分に投げつけた。子宮だけが女を意味するものではない、それぐらいわかっているのに。

夫と母と義母が代わる代わる病室にやってきて、あれこれと世話をやいてくれた。ありがたかった。自分は一人ではないと思えることで、元気が出る。義母がむいてくれた柿を食べた。今まで口にした柿の中で一番おいしく感じた。大げさでもなんでもなく。

深刻な病気だったし、急な手術だったので、友達には知らせなかった。桜子にさえも。彼女はもう産休に入っているはずだ。こうしてなんとか生きていることを、桜子には知らせたかった。ベッドサイドの引き出しから携帯電話を取り出した。最近では入院患者に積極的に携帯電話の使用をすすめる病院も多い。ここもそのひとつだった。公衆電話だと細菌に感染しやすいからだという。

点滴をがらがら引きずりながら、携帯電話使用可能のエリアに行った。体力が落ちていて、ほんの数メートルがとても遠く感じる。肩で息をしながらメールを打った。周囲には、パジャマにガウン姿で携帯電話を握りしめた、顔色の悪い入院患者がたくさんいた。

タイトルには「驚かないでね」と書いた。

――久しぶり！　その後は順調ですか？　事後報告で申し訳ないけど、実は私、癌が見つかって手術を受けました。ただ今、入院中。子宮体癌です。全部きれいにとれちゃったみたいで、しっかり生き残ってます。こうしてメールが打てるぐらい気持ちも回復しました。退院したら、会いましょう。もうすぐ、桜子の赤ちゃんにも会えるのかな。

　重くならないように言葉を選び、何度も書き直した。自分が生きていることを伝えたい相手がいるだけで嬉しかった。

　なんとはなしに、携帯電話のアドレス帳を見て、いろいろな人の顔を思い出した。桜子以外の友達に伝えるのは、もう少し時間がたってからにしようと思った。この病気が完全に過去になった時でいい。

　そんなことを考えていると、桜子から返信がきた。

——どうして、そんな大変なこと、教えてくれなかったの。病院はどこですか？

——だいじょうぶよ。身重の人はお家で出産の準備をしててください（笑）。

——だめー。あなたが良くても、私が良くない。こんなこと聞いたら、ちゃんと顔見ないと安心できないよ。

　短い言葉が心に染みた。病人だらけの指定エリアでは、涙ぐみながら携帯をいじっている人が何人もいた。重美は、なんとかこらえた。

病院の名前だけを書いて返信した。

桜子がやってきたのは、それから二時間後だった。お腹は今にもはち切れそうなほどふくらんでいる。病室には勝成と町子がいた。大きなお腹を抱えて現れた桜子に、勝成はすぐには言葉が出ないほど驚いた。

「重美から聞いてませんでした？　もう、九ヵ月なんですよ。今、産休中なんです。だから、すぐにかけつけられて、良かったわ」

「はあ……。桜子さんっていつ結婚したの？」

桜子は笑顔でさらりといった。

「してないですよ。ザ・未婚の母。かっこいいでしょ？」

町子の顔がひきつった。桜子は、素知らぬふりをして、まっすぐに重美を見た。

「ほんとに、ほんとにだいじょぶなのね？」

「うん。子宮と一緒に悪いとこは全部とっちゃったから」

桜子は何もいわずにうなずいた。

「もう一生、子宮癌の心配はないのよ。いいでしょう～」

桜子は泣きながら笑った。それにつられて、重美も泣いてしまった。さっきは我慢できたのに、だめだった。いい歳をした女が二人、言葉も交わさずにただ泣いていた。思い切り涙を流すのは気持ちが良かった。悲しいわけではない。虚しくもないし、嬉しいのでもない。勝成と町子は、そっと病室から姿を消した。この数週間で、どれほどの気遣いを彼らにさせてしまったのだろう。

ひとしきり泣いた後、桜子は大きな袋の中から、抱き枕とピンク色のマグカップを取り出した。

重美は抱き枕に腕をからめていった。

「これ、いい感じよ。あ、そうだ、この抱き枕、桜子のお産の時に返すね。私が病室に持ってくわよ」

「それ、いい考え。重美が一緒にいるみたいで心強いかも」

「あ、でも、縁起が悪いか……。子宮癌の患者が使ってたものなんて」

「ちょっと、重美……」

桜子は重美の手をぎゅっと握った。

「今はしかたないと思う。手術からそんなに時間たってないんだし。でも、退院したら、そういうのやめなよ。ね」

黙ってうなずいた。わかりやすい不幸を見せびらかすのは甘えだ。

退院してから、元の生活のリズムを取り戻すのに、それほど時間はかからなかった。義母と一緒に三人分の食事を作り、掃除や洗濯をする。時々夫と一緒に顧客との会食をしたり、季節のものを贈ったり、礼状を書いたりしていると、あっという間に時間が過ぎる。

以前と違うのは、あきらめを肌で知ったことだ。そうした上で、あきらめは決して悪いものではないと思った。それは解放でもあった。重美は今、自分の心がとても澄んでいる気がする。もう叶わぬものを望んでいないからだろう。

同時に、過去への愛着が強くなった。過去とは、つまり、今の自分を形作ってくれたものだ。これまで、明日のことばかり考え過ぎていたような気がする。呉服屋の暖簾についても、前より冷静に受け止められる。

寒さが加速した頃、桜子から知らせがあった。勝成を送り出し、朝ご飯の片付けをしていると、写真が添付されたメールが届いた。そこには、くしゃくしゃな顔をした産まれたての赤ちゃんが写っていた。

——午前九時、無事に産まれました！　あー、つかれた。女の子よ。

今度は重美がかけつける番だった。この冬はじめてロングコートに袖を通して、病院に向かった。

産婦人科の病棟は、重美が入院していた場所とは違い、活気にみちあふれていた。赤ちゃんの泣き声がいくつも重なり、廊下を歩く人たちもみんな明るい表情だ。いろいろな事情の染み込んだ大人の泣き声とは違い、何の根拠もない泣き声は幸福な響きだった。

病室では桜子が抱き枕を抱えて横になっていた。肌はつやつやしていて充実した表情だった。

「やっぱり、これいい差し入れだったわね。私って気が利くー」

桜子の母が付き添っていた。

「もっとぐったりしてるかと思った。なんたって、マル高《こう》なんだから」

「それがね、産まれるまでは、やっぱり止めときゃ良かったって思うぐらい苦しいのよ。助産師さんの顔がゆがんで見えたもんね。産まれた瞬間はね、何にも考えられなかったわ。あんな脱力感って味わったことないかも。でもね、あの子の泣き声聞いてたら、だんだん、元気になってきちゃって……」

桜子は、何かにとりつかれたように話し続けた。一通り、出産時のどたばたを披露してからいった。

「ね、新生児室にいって、あの子に会ってやって」

「もちろん」

新生児室にいくと、ひとつの命がそこに放り出されていた。自分の存在を叫び、必死に手足を動かして何かに抗《あらが》っている。これから待ち受ける長い人生を受け止める準備だろうか。

「目と口元が桜子に似てる」

「そう？　まだ、どこがどっちに似てる、とかわかんないけどな、私は」

赤ちゃんは途切れることなく、泣き続けている。生きていることがむき出しの姿だった。桜子には自分の心の中をちゃんと知っていて欲しい。重美はいった。

「ねえ。こんな場面でこんなことというの、申し訳ないんだけど……」

「何？」

「私さ、ちらっと考えてたんだ。でも、やっぱり思いとどまった。たった今」

「だから、何？」

「……。離婚」

「どうして？」

「だって、私じゃ、あの家の跡取り産めないもん」

「だから、身をひこうって思ったの？」

「うん。まあね」

「重美、かっこつけ過ぎ」

「だよね」

「見てよ、あの子。あんなにみっともないんだよ。でも、かわいいでしょ」

「ほんと。みっともなくて、必死でかわいい」

「ねえ、抱っこしてあげて」

三千二百グラムだという赤ちゃんはけっこう重かった。新しい命の重さだった。重美の腕の中でもあいかわらず、声を張り上げ、身体をくねらせている。桜子はいった。

「それにさ、勝成さんに失礼よ。そんな人じゃないでしょう」

「ごめんなさい」

「まあ、いいや。許す。その代わり、ひとつお願いがあるの」

「なあに？」

「この子の名付け親になって」

その申し出に、重美はまた泣いてしまった。涙もろいのは年齢のせいだろうか。泣きながら重美はいった。

「ねえ、私たちってさ、前より強くなったと思わない？」

桜子は何度も、深くうなずいた。

文庫版あとがき

家族というものの形が変わったなあとしみじみ感じたのは十年近く前だろうか。同世代の女友達を改めて見回してみた時だった。私の周りには、いわゆるバツイチ、子供がいない夫婦、離婚を経験したシングルマザーが多く、私と同じように結婚も出産も経験のない人も何人かいた。母がいて父がいて子供がいて、という従来の形態とは違う家庭が少なくない。

そんな新しい家族像のようなものを描いてみようと思ったのが、始まりだった。打ち合わせを重ねていくうちに、自然とテーマが妊娠や出産に絞られた。

編集者から、妊娠と出産に関する資料が山のように渡された。版元とは違う出版社の編集者からも「参考にどうぞ」と本が送られてきたりもした。考えていた以上に、女性にとっては真剣に向き合わざるを得ない問題なのだと実感し、自分の能天気さを反省した。

流産の経験者や産婦人科医の取材も行い、友人知人にも話を聞いた。あまり思い出したくないであろうことを快く話してくれた方もいて、ありがたかった。プロットを作りながら、こんなケースもあるかもしれない、こういう場合も起こり得るのか、と何度も迷い、「出産」は一言では括《くく》れないのだと思い知った。

死産を扱った「温かい水」の資料には、母親が双子の我が子に左右のおっぱいをあげている写真があった。その双子は亡くなっているのだが、母親は笑顔である。医学的な文章に添えられた小さなモノクロ写真だったが、目が離せなくなった。

普段は、原稿を書きながら自分の文章で気持ちがアップダウンすることはまったくない。というより、そうならないように心がけている。けれど、死産の場面を書いている時、その写真を思い出して涙があふれてきてしまった。仕方なく、泣きながらキーボードを打った。

この短編を書き終えてから三日後、身内にダウン症の女の子が産まれたことを聞かされた。私はうろたえ、今まで経験したことがない不安な気持ちになった。

当たり前だが、それでも連載は続く。出産に関する資料を読んだり、プロットを作ったりすればするほど、その不安はあいまいに大きくなっていった。

なんとか七本の短編を仕上げた。本にするために仕上げた原稿のゲラを読み直さなければならないが、読もうとしても、なかなかページをめくれない。身内にダウン症の子供が生まれたことにうろたえる自分が、出産をテーマにした本など出して良いのだろうか、と思った。

七つの物語は長いこと放置されたままで、編集者の催促もだんだん減っていった。とうとう、ある時、こういわれた。

「次の企画会議にかけるつもりですけれど、大丈夫ですか？　今回が無理なら、これはもうダメになると思ってください」

数日間考えて、書き下ろしを加えて一冊にしたいと申し出た。うろたえた自分をそのまま記しておこうと思ったのだ。それが「レット・イット・ビー」である。

物語を書き終えてから悩んだのは、本のタイトルだった。どれか一つを表題作にするより、全体を象徴する言葉をずっと探した。眠れない夜、一人でウイスキーを飲んでいる時に、ふと思った。女の人は、結局のところ、産むか産まないか、それとも産めないかの三つに当てはまるしかないのだ、と。午前一時過ぎだったと記憶しているが、ダメ元で編集部に電話をすると、担当者はまだ仕事中であった。三分でタイトルが決まった。

雑誌連載から六年も経ってやっと本になり、この度文庫という形になった。

私自身は切実に子供を欲しいと思った経験はないし、産んでいないことへの劣等感もない。産まないと決めたわけではなく、なんとなくズルズルと産めない年齢になっていた、というのが現実である。とくに後悔はない。

これらの物語をかいて、それを実感した。別のいい方をすれば、書かなければ、妊娠や出産は私にとって、永遠に〝どこか別の場所で行われる神秘的なこと〟だっただろう。

たくさんの方が手にとってくれたし、さまざまな反響もいただいた。なかには、タイトルで期待したのに「産まない」選択をした人が出てこない、という声も少なくなかった。そうか……。

奇妙かもしれないが、書いても書いてもまだ足りない、そんな感覚がある。それがあるうちは書き続けたいと思う。

二〇一七年一月　海のそばにて

甘糟りり子

解説

大矢博子（書評家）

「こうするのが普通」とか「こうあるべき」とか。

「この方が幸せ」とか「そんなのは可哀想」とか。

「女もどんどん社会に出ろ、働け」とか「少子化だ、もっと産め」とか。

妊娠や出産について、そんな周囲の声と自分の気持ちの狭間で悩むすべての人に、本書をお届けしたい。

いや、当事者だけではなく、男女を問わず、年齢を問わず、お薦めしたい一冊だ。無関係な人などひとりもいないテーマなのだから。

『産む、産まない、産めない』というこのタイトルは収録作のものではなく、八編をまとめた総タイトルである。これが実に秀逸な題で、唸ってしまった。出産という観点でのみ女性を大別するなら、なるほど確かに「産む」「産まない」「産みたくても産めない」のどれかに当てはまるのだから。

だが、そう簡単にまとめてしまってはいけない。むしろ、まとめることの危険を本書は伝えている。本書を読めば、その三つに分けられるはずの女性の生き方が、三つどころか女性の数だけあることがおわかりいただけるはずだ。

ひとつずつ見ていこう。

第一話「最後の選択」の主人公・桜子《さくらこ》は、外食産業で部長代理の地位にいる四十歳の独身女性。仕事が大好きで、出世したいという思いも強い。ところが遊びのつもりのセックスで予想外の妊娠。仕事でも認められ目の前には執行役員への道も開けたこのタイミングで……。さて、桜子はどうするのか？

仕事と出産の両立というのは、多くの女性が悩んできた問題だ。

「産むような環境ではないし、おろしたら次はないだろう」

「子供を産んで、愛おしく感じられなかったら、どうしよう」

「大きな孤独を受け入れてまで手にした自由に、どれほどの価値があるだろう」

「出世をとるのか、出産をとるのか。どちらも望むのは贅沢なことなのだろうか」

産まないと即断できるなら話は簡単だ。だが、これまで子供を欲しいと思ったことがなく、ひとり暮らしの自由が何物にも代えがたいと思っていた桜子が、いざお腹に子供がいるとわかると産むべきか産まざるべきか、さまざまな要因を比べ、考え込んでしまう。実にリアルだ。桜子の懊悩《おうのう》は、同じような立場にいる女性すべての心に響くだろう。

おっと、第一話だけでかなり行数を使ってしまった。やや急ぐことにしよう。

第二話「ポトフと焼きそば」は、夫の前妻の子を引き取ることになった妻の物語。夫婦の間にはまだ幼い長女がいて、そこに高校生の義理の息子がやってくる。血の繋《つな》がらない、しかもすでに思春期の男の子に戸惑う主人公は、悩んだりキレたりしながら、家族の形を摸索していく。

第三話「次男坊の育児日記」は、医者という仕事を持つ妻の妊娠・出産で、夫が育児休暇をとる話だ。これは実に痛快。

イクメンという言葉が流行《はや》っているが、「育児をする男性」に特別な名称がつくというのは、それがいかに珍しいことかの証拠だろう。今は日本でも男性が育児休暇をとれることになっているが、厚生労働省の調査による二〇一二年のデータでは、実際に取得した例は二パーセント以下。しかも休暇期間は、二週間未満が六割を占める。二週間で子供が育つとでも思っているのだろうか。これはもう「なんちゃって育児休暇」でしかない。

だがその一方で、「育児休暇をとりたい」と思っている男性は三割を超える（それも少ないと思うが）。とりたい人数と、実際にとった人数のギャップが、今の日本企業のあり方を示していると言っていい。

余談だが、出生率・女性の社会進出率がともに高いフィンランドでは、男性の育児休暇取得率は八十パーセントを超えるという。しかも子供が三歳になるまで無給ではあるが育児休暇の延長ができ、それを理由に職を失うことがないよう法整備がされているのだそうだ……って、ああ、また長くなってしまった。だが一編ごとに語りたいことが湧いてくるのだから仕方ない。本書にそれだけの魅力があるということだ。

第四話「コイントス」は、老舗《しにせ》呉服店に嫁いだ重美《しげみ》が、早く跡取りをという姑《しゅうとめ》からのプレッシャーを受けつつ、なかなか妊娠しない悩みを描いたものだ。不妊治療を受けるが、うまくいかない。欲しいのに、産みたいのに、周囲にもそれを望まれているのに、授からない。第一話が「産む／産まない」の話だとするなら、本編は「産めない」話である。

重美が「もう、すっきりあきらめちゃいたいって気持ちもないことはないんです。ただ、そのきっかけがなくて……」と告白する場面がある。妊活に振り回され、その人の人生そのものが疲弊する例は決して少なくない。

第五話「温かい水」は、初めての子を授かり、夫婦で子の誕生を心待ちにしていたのに、胎児の心音が止まってしまうという悲しい出来事を描いた物語である。夫との間に少しすれ違いを感じていたところで妊娠がふたりの距離を縮めたり、生まれてくる子供の名前を考えたり、子供用の箸を買ってくるという気の早い親バカぶりを見せたりという幸せな描写の後での悲劇に、胸が塞がる。「産めなかった」女性の、悲鳴と立ち直りへの足掻《あが》きを克明に、けれど優しく描いた一作だ。

第六話「花束の妊娠」は、高校在学中に娘を産んだシングルマザー・早百合《さゆり》が主人公。その娘が、母と同じ十六歳で妊娠する。自分の経験から娘を応援するつもりだったが、ある事情を知り、産ませるべきかおろすべきか悩むことになる。

第七話「レット・イット・ビー」は、兄夫婦にダウン症の娘が生まれるという話。叔母《おば》になった主人公は、ショックを受け、落ち込む。だが兄夫婦と姪《めい》の姿を見るうちに、自然と心が解けていく。

そして掉尾《とうび》を飾る第八話「昨日の運命」は、これまでの話に出てきた女性ふたりが主人公だ。ひとりは子宮ガンになり、子宮を全摘出する。もうひとりは未婚の母として子を出産する。そんな対照的なふたりの友情が描かれる。

実にバラエティに富んだ「妊娠・出産」物語だ。「産む」「産まない」「産めない」

の形がひとつではないことがお分かりいただけるだろう。

第四話の中で、重美が相談した産婦人科医（というのは第三話で夫が育休をとった医者なのだが）が、こんなことを言う。

「出産が女の人生のすべてとは考えないようにしませんか」

蓋《けだ》し名言だ。産んでも、産まなくても、産めなくても、その人の人生であることに変わりはないのだから。産む人生も産まない人生も、私たちは選べるし、選んだ上でそれぞれ幸せになることができるはずだ。赤ちゃんの誕生はもちろんめでたく嬉しいことだが、産むほうが産まないほうより常に幸せなわけではないし、産まない人が産む人より優秀なわけでもない。産めないからといってその人が否定されるわけでもない。

産むか産まないか、それに正解などないのだという思いを強くする。本人が考え、家族が考え、そうしていちばんいい道だと決めた、それがその人にとっての「正解」なのだと。その「正解」は女性の数だけ存在するのだ。

本書に収められた八編は、辛《つら》い話や悲しい話もあるが、どれも最後はとても清々《すがすが》しい。それは産むにしろ産まないにしろ、あるいは産めないにしろ、主人公たちが自分で人生を選んで進んでいく姿が描かれるからに他ならない。

これは人生の選択の物語なのだ。自分の人生は自分で決めていいのだと、他人や社会が何を言おうとあなたが悩んで考えて自分で決めたことならそれが「正解」なのだと、本書は産む・産まない・産めないすべての女性に、高らかにエールを送っているのである。

本書を読んで驚いたのは、決して交友範囲が広いとは言えない私ですら、ここに登場した彼女たちと同じような知り合いが揃っていたことだ。私の周囲には、体外受精に挑んだ人もいるし、病気で子宮を全摘した人もいる。バリキャリのシングルマザーもいるし、ダウン症の子を持つ友人もいる。早く孫をというプレッシャーに押しつぶされそうだった人もいるし、子に先立たれた人もいる。

まるでノンフィクションを読んでいるかのような気持ちに度々襲われた。本書に描かれた人々は決して特別な存在ではない。本当にごく身近に、当たり前のようにいる人たちの物語なのである。もしもあなたが男性なら、それをまず知っていてほしい。

私は冒頭で、「当事者だけではなく、男女を問わず、年齢を問わず、お薦めしたい」と書いた。それは本書が女性だけの物語ではなく、家族の物語であり、社会の物語でもあるからだ。

第一話で、妊娠を告げた主人公への第一声が「困ったなあ」だった上司。第三話で、育児休暇をとるという息子に、会社に迷惑がかからないのか、出世にひびかないのかを心配する母。法整備がどうこう以前に、ごく身近な社会がこうなのだ、という例が多々描かれる。

同時に、血の繋がらない息子と距離を縮めようとする第二話の家族や、跡取りのプレッシャーを与えられ続けた主人公の悩みに思いやりを持って向き合う第四話の家族、死産という悲しみを一緒に受け止める第五話の家族、十六歳の妊娠を包み込む第六話の家族、障碍《しょうがい》のある子を見守る第七話の家族など、あらゆる形の家族が主人公の「選択」を後押しする姿が描かれていることにも気付かれたい。

本書は、女性の選択の物語である。だがその選択は、社会のあり方や家族の形と密接に結びついている。年齢性別にかかわらず、私たちは誰しも、誰かの選択を助け、応援することができるのだ。

女性が産むか産まないかの岐路に立ったとき、女性にはその選択を正解だと思える強さが、周囲の人にはその選択を正解だと背中を押す優しさが、どうか持てますように。そんな社会の到来を願わずにはいられない。

本書は二〇一四年七月に小社より単行本として刊行されました。

|著者| 甘糟りり子　1964年、神奈川県生まれ。玉川大学文学部英米文学科卒業。ファッション、グルメ、映画、車などの最新情報を盛り込んだエッセイや小説で注目される。2014年に刊行した『産む、産まない、産めない』（本書）は、妊娠と出産をテーマにした短編小説集として大きな話題を集めた。ほかの著書に、『みちたりた痛み』『肉体派』『中年前夜』『マラソン・ウーマン』『エストロゲン』『逢えない夜を、数えてみても』『鎌倉の家』『鎌倉だから、おいしい。』『バブル、盆に返らず』などがある。

産《う》む、産《う》まない、産《う》めない
甘糟《あまかす》りり子《こ》

2017年2月15日第1刷発行
2024年6月26日第8刷発行

発行者――森田浩章
発行所――株式会社　講談社
東京都文京区音羽2-12-21　〒112-8001
電話　出版（03）5395-3510
販売（03）5395-5817
業務（03）5395-3615

Printed in Japan

講談社文庫
定価はカバーに
表示してあります

KODANSHA

デザイン―菊地信義
本文データ制作―講談社デジタル製作
印刷―――株式会社KPSプロダクツ
製本―――株式会社KPSプロダクツ

ISBN978-4-06-293594-4

講談社文庫刊行の辞

二十一世紀の到来を目睫に望みながら、われわれはいま、人類史上かつて例を見ない巨大な転換期をむかえようとしている。

世界も、日本も、激動の予兆に対する期待とおののきを内に蔵して、未知の時代に歩み入ろうとしている。このときにあたり、創業の人野間清治の「ナショナル・エデュケイター」への志を現代に甦らせようと意図して、われわれはここに古今の文芸作品はいうまでもなく、ひろく人文・社会・自然の諸科学から東西の名著を網羅する、新しい綜合文庫の発刊を決意した。

激動の転換期はまた断絶の時代である。われわれは戦後二十五年間の出版文化のありかたへの深い反省をこめて、この断絶の時代にあえて人間的な持続を求めようとする。いたずらに浮薄な商業主義のあだ花を追い求めることなく、長期にわたって良書に生命をあたえようとつとめるところにしか、今後の出版文化の真の繁栄はあり得ないと信じるからである。

同時にわれわれはこの綜合文庫の刊行を通じて、人文・社会・自然の諸科学が、結局人間の学にほかならないことを立証しようと願っている。かつて知識とは、「汝自身を知る」ことにつきていた。現代社会の瑣末な情報の氾濫のなかから、力強い知識の源泉を掘り起し、技術文明のただなかに、生きた人間の姿を復活させること。それこそわれわれの切なる希求である。

われわれは権威に盲従せず、俗流に媚びることなく、渾然一体となって日本の「草の根」をかたちづくる若く新しい世代の人々に、心をこめてこの新しい綜合文庫をおくり届けたい。それは知識の泉であるとともに感受性のふるさとであり、もっとも有機的に組織され、社会に開かれた万人のための大学をめざしている。大方の支援と協力を衷心より切望してやまない。

一九七一年七月

野間省一